J. J. Wilhelmson

#wasgehtdenn jetztab?

#einalbtraum

novum pro

www.novumverlag.com

Bibliografische Information
der Deutschen Nationalbibliothek:

Die Deutsche Nationalbibliothek
verzeichnet diese Publikation in
der Deutschen Nationalbibliografie.
Detaillierte bibliografische Daten
sind im Internet über
http://www.d-nb.de abrufbar.

Alle Rechte der Verbreitung,
auch durch Film, Funk und Fernsehen,
fotomechanische Wiedergabe,
Tonträger, elektronische Datenträger
und auszugsweisen Nachdruck,
sind vorbehalten.

© 2021 novum Verlag

ISBN 978-3-99107-226-3
Lektorat: Susanne Schilp
Umschlagfotos: Maxim Petrichuk,
Gajus, Bluelela | Dreamstime.com
Umschlaggestaltung, Layout & Satz:
novum Verlag

Gedruckt in der Europäischen Union
auf umweltfreundlichem, chlor- und
säurefrei gebleichtem Papier.

www.novumverlag.com

Für meine Kinder
I will love you forever!
DANKE!!!

PROLOG!

Linz, Österreich 1. Januar 2019

#Alleine#Hintergangen

Das erste Mal seit über 13 Jahren wachte er am Neujahrstag alleine auf. Eine neue Erfahrung, von der er gedacht hatte, dass er diese nie machen wird, geschweige denn, dass er sie machen wollte.
„Wie konnte uns das nur passieren?"

Immer wieder stellte Roberto sich diese Frage: Wie hatte er es übersehen können, dass sich seine über alles geliebte Frau von ihm entfernt hatte, still und heimlich, aber doch von ihm endgültig distanzierte? War die Liebe wirklich nur noch einseitig, er hatte doch gedacht, dass alles wieder in Ordnung gekommen sei, dass sie sich mit der Zeit wiedergefunden hätten.

In Sekunden war seine ganze Welt zusammengebrochen, als sie ihm sagte, dass sie keine Liebe mehr für ihn empfand, dass keine Gefühle mehr da waren. Was war mit all den Jahren, die sie gemeinsam verbracht haben, waren die ihr gar nichts wert? So viele Erinnerungen gingen ihm durch den Kopf, natürlich auch an schwierige Tage, aber die gehören ja zu jeder Beziehung, unfassbar war es, was da gerade passierte.

„Vielleicht war aber alles nur ein einziger langer, schrecklicher Traum, und ich wache bald auf. Dann ist alles wie immer, wie es sein sollte." Natürlich wusste er, dass es sicher nicht so ist, die Situation war für ihn schrecklich, aber leider kein Traum.

Hintergangen, das war das Wort, das seine Gefühle, das das, was er im Moment für sie empfand, am besten beschreiben konnte. Hintergangen und schwer verletzt, einfach riesig enttäuscht war er an diesem Tag. Zu sterben kann nicht schlimmer sein, wahrscheinlich sogar besser, dann würden die Schmerzen in seinem Herzen zu Ende sein, doch war das wirklich die richtige Lösung?

Wohl kaum, verständnislos erinnerte er sich immer wieder an vieles, was sie in ihrer gemeinsamen Zeit erlebt hatten, er hatte immer versucht, für sie da zu sein, an ihrer Beziehung zu arbeiten, schon am Tag, an dem sie sich kennenlernten, war es für ihn selbstverständlich ihr zu helfen, zur Seite zu stehen.

Roberto hatte sich nie vorstellen können, dass sein Leben eine so drastische Wendung erfahren wird. Schluss und aus, das war sein Leben geworden.

Es hat ihn aus der Bahn geworfen. Total. Verzweifelt versuchte er, wieder in das Leben zurückzukehren, nur gelingen will es ihm nicht. Seine Erinnerungen an dieses Leben lassen das einfach nicht zu.

Vielleicht heilt die Zeit Wunden? Die Hoffnung stirbt zuletzt? Vielleicht haben diese Weisheiten was an sich, vielleicht helfen sie ihm ja, alles in den Griff zu bekommen.

1. Januar 2019

#wennichdasgewussthätte

In die Zukunft sehen, eine Gabe, die er in seiner Lage gerne hätte oder noch besser gehabt hätte. Alles wäre anders verlaufen, bei vielen Sachen hätte er anders entschieden. Nichts weiter als ein Wunsch war das. Eigentlich ganz gut, nicht zu wissen, was auf einen zukommt, zumindest wenn es keine guten Erfahrungen sind. Irgendwie war ihr Kennenlernen schon sehr schräg verlaufen und einem Zufall zu verdanken. Wenn man daran glauben mag, kann es auch Schicksal gewesen sein. Jetzt war es sowieso egal, was blieb, war nur noch die Erinnerung, in dieser fand er aber leider keine Antwort auf seine Fragen und schon gar nicht den Grund für die Entscheidung seiner Frau.
Was war nur aus ihnen geworden?

5./6. April 2005

Dass Paulina von den beiden nicht gemocht wurde, war ihr klar, das lag wahrscheinlich daran, dass sie zwar kein Model war, dennoch eine schöne Figur hatte und mit ihren langen, gelockten schwarzen Haaren die Blicke aller Männer auf sich zog, dass sie aber so weit gehen würden und in einer einschlägigen Zeitung eine Kontaktanzeige aufgaben, hatte sie nicht für möglich gehalten.

Nach Feierabend standen da zwei etwas schmierige Typen vor ihr. Sie hatte natürlich keine Ahnung, warum die da waren und konnte sich auch keinen Reim darauf machen. Als ihr plötzlich einer der beiden auf den Hintern griff uns meinte: „Da ist ja die kleine Schlampe, die es von zwei richtigen Kerlen besorgt haben will."

Sie schob die Hand des Mannes beiseite und bat ihn, sie in Ruhe zu lassen, da waren schon die Hände des anderen auf ihren Hüften und hielten sie fest. Sofort fing sie an zu schreien und um sich zu treten, dabei dürfte sie den, der die Hand auf ihrem Hintern hatte, am Schienbein erwischt haben. Er fing an zu fluchen und rieb sich die schmerzende Stelle. Die Ablenkung reichte ihr, damit sie sich losreisen und weglaufen konnte, raus auf die Straße, da war sie sicherer. Sie hörte noch, wie sie ihr abfällige Bemerkungen nachriefen. Zum Glück stand an der nächsten Haltestelle eine Straßenbahn, in die sie ohne nachzudenken einstieg, um möglichst viel Abstand zwischen sich und die beiden Männer zu bringen.

Mit Tränen in den Augen setzte sie sich ganz nach hinten, um auch den Menschen, die die Tram benutzten, aus dem Weg zu gehen. Sie nahm ihr Smartphone und wollte ihre Mutter anrufen. Da hörte sie das vertraute „Pling", das einging, wenn sie eine Mitteilung bekam. Sie öffnete die Nachricht und sah einen Screenshot der Kontaktanzeige und darunter die Worte: „Da siehst du, was mit Schlampen wie dir passiert, wenn sie sich immer so an Männer ranmachen", dazu ein Emoji, der die Zunge rausstreckt.

Die Nachricht war von Brita, ihrer Kollegin.

Sie hüpfte bei der nächsten Gelegenheit aus der Tram und stand im strömenden Regen. Sie hatte gar nicht mitbekommen, dass sie so lange in der Straßenbahn geblieben war und nun stand sie in einem Stadtteil, in dem sie sich gar nicht auskannte. Linz war zwar nicht die größte Stadt, aber sie wohnte auf dem Land und war schon froh, den Weg zur Arbeit und wieder zurück zu finden. Das Stadtleben an sich gab ihr eigentlich nichts. Jetzt endgültig mit den Nerven runter überlegte sie fieberhaft, was sie tun sollte, wie sie nach Haus kommen sollte, sie wusste ja nicht einmal wirklich, wo sie war. Und zu allem Überfluss regnete es sintflutartig.

Und dann spürte sie, wie er ihr die Jacke um die Schultern legte. Er nahm sie am Arm und zog sie in eine überdachte Passage.

Auf Anhieb vertraute sie ihm und erzählte, was ihr gerade widerfahren war, spürte sogar, dass Wut in ihm aufstieg, während sie erzählte und das, obwohl er sie nicht einmal kannte. Sofort fühlte sie sich wunderbar geborgen an seiner Seite.

Robertos Wohnung war in wenigen Minuten zu Fuß zu erreichen. Wegen des Regens legten sie die Strecke aber rennend zurück. Er kochte Tee und gab ihr trockene Kleidung zum Anziehen. Sie war ihr viel zu groß, woran sie sich nicht störte, schließlich befand sie die Jogginghose und den Pullover als sehr bequem.

Er fragte Paulina, woher sie kam und was sie so machte, nach ihrem Beruf und ihren Hobbys, und erzählte ihr auch, was er beruflich und in seiner Freizeit alles tat.

Noch lange in die Nacht hinein redeten sie, bis sie schließlich beide so müde waren, dass er ihr anbot, dass sie bei ihm schlafen kann. Er konnte seine Couch umfunktionieren, und er würde sie am nächsten Tag zur Arbeit bringen, davor sollten sie aber noch trockene und vor allem passende Kleidung kaufen. Dankbar nahm sie an, sie schlief so gut wie eine gefühlte Ewigkeit nicht mehr, vielleicht lag das daran, dass sie sich hier richtig wohl fühlte.

Am nächsten Morgen fuhr er sie mit seinem Auto, einem grauen Skoda Fabia, zu ihrem Arbeitsplatz, doch anstatt sie aussteigen zu lassen, parkte er auf dem Kundenparkplatz und stieg aus. „Was passiert jetzt?", dachte sie und stieg ebenfalls aus, sie wollte sich schon bei ihm bedanken, dass er sie gebracht hatte, als er sagte, dass er noch mit rein gehen werde, um ihren Kolleginnen die Meinung zu geigen.

Bevor sie etwas darauf sagen oder ihn aufhalten konnte, betrat er den Empfangsraum und traf sofort auf Brita. Scheinheilig fragte er sie, wie es ihr gehen würde und wie ihr gestriger Abend war, es sah so aus, als ob er mit ihr flirtete. Sie strahlte augenblicklich über das ganze Gesicht und schmachtete ihn richtiggehend an.

Als Paulina eintrat, gefror ihre Miene zu Eis, ihre Wangen liefen dunkelrot an, und die Unterlippe begann zu beben.

„Darf ich vorstellen, meine Freundin Paulina, ihr ist gestern etwas Abartiges passiert, und ich habe gehört, dass Sie Ihre Finger im Spiel hatten, kann das sein?", säuselte er mit zuckersüßer Stimme. Wäre da ein Loch gewesen, Brita wäre mit Sicherheit darin verschwunden. „Äh, Äh, ich wollte nicht …", war das einzige, was sie herausbekam.

„Sollte so etwas in irgendeiner Weise wieder vorkommen, ganz egal wie und wo, werde ich Sie jeden Tag zur Arbeit fahren und natürlich sofort Ihren Vorgesetzten über jede einzelne Aktionen informieren", sprach der vermeintliche Freund.

Ohne auf eine Antwort zu warten, drehte er sich um, ging zu Paulina, gab ihr einen Kuss auf den Mund, wünschte einen schönen Tag, und schon war er wieder in seinem Auto und fuhr davon.

Wie vom Donner gerührt stand Paulina da und schaute ihm nach, obwohl er schon lange nicht mehr zu sehen war. Als sie sich endlich wieder gefangen hatte, wünschte auch sie Brita eine guten Morgen und ging zu ihrem Arbeitsplatz, und das erste Mal seit fast drei Jahren, als sie hier mit 16 Jahren ihre Ausbildung begonnen hatte, verbrachte sie einen richtig friedlichen Tag am Arbeitsplatz.

Sie ärgerte sich, dass sie vergessen hatte, ihn nach seiner Telefonnummer zu fragen. Diesen Mann hätte sie gerne wiedergesehen. Er fiel zwar in der Menge kaum auf, war weder besonders athletisch noch ein Schönling mit gestylten Haaren. Dafür war er hilfsbereit, sympathisch, schlagfertig und konnte gut zuhören.

Fieberhaft überlegte sie, wie sie ihn wiedersehen konnte, seine Wohnung würde sie nicht wiederfinden. „Vielleicht will er ja mich auch wiedersehen", hoffte sie.

Tatsächlich, als sie nach Feierabend die Firma verließ, lehnte er an seinem Auto, rauchte eine Zigarette und wartete auf sie. „Was hältst du davon, wenn wir gemeinsam zu Abend essen?", fragte er. Zu ihrer eigenen Überraschung lief sie mit schnellen Schritten auf ihn zu, fiel ihm um den Hals und gab ihm einen Kuss. „Ja, sehr sehr gerne", bekam Roberto zur Antwort.

1. Januar 2019

„Warum hat sich mein Leben in diese Richtung gedreht? Was habe ich ihr getan, dass sie so grausam zu mir ist?" In diesen Momenten wusste er nicht, was er fühlte. Enttäuschung war natürlich dabei, vielleicht Hass, das dürfte keinen wundern, und doch wusste er es nicht.

Ihm ging es einfach nicht gut dabei. Und er fiel in ein tiefes schwarzes, wie es schien, unendliches Loch.

5. Januar 2019

#zujungElterngeworden?zufrühzusammengezogen?

Bei diesem wunderbaren Wetter musste er an die frische Luft, ein Hauch von Frühling lag in der Luft, was für diese Jahreszeit zwar nicht passte, Roberto hatte aber nichts dagegen.

Er entschloss sich, eine Runde wandern zu gehen. Er wusste, dass er keinen einzigen Schritt machen würde, ohne an seine gescheiterte Ehe zu denken. Nach wie vor versuchte er zu verstehen, warum das passiert war, nach wie vor hatte er keine Antwort darauf.

Sicher, er könnte sie fragen, und sie würde ihm wieder sagen, dass sie keine Gefühle mehr für ihn hat, aber wieso? Er hat vorgeschlagen, eine gemeinsame Therapie zu machen, sie wollte nichts davon hören, warum?

„Vielleicht geht es ja doch um einen anderen Mann", waren seine Gedanken, doch wirklich glauben konnte er das nicht, er glaubt ihr, dass sie nicht fremdgegangen ist, sicher war er sich aber auch nicht.

Vielleicht sind wir zu schnell zusammengezogen, vielleicht kamen die Kinder zu früh? Obwohl doch beide absolute Wunschkinder waren?

Und er erinnerte sich, welche Sorgen er sich machte, als er glaubte, keine Kinder zeugen zu können.

Was war nur mittlerweile aus ihnen geworden?

Januar 2006

Paulina ist zwei Monate nachdem sie sich kennengelernt hatten bei ihm eingezogen. Hatte mittlerweile ihre Ausbildung abgeschlossen, arbeitete aber nach wie vor in der gleichen Firma.

Ihr fehlte allerdings etwas. Da er Versicherungen verkaufte, hatte er oft auch Abendtermine, und immer wenn er davon nach Hause kam, wirkte sie nicht glücklich auf ihn. Wenn er sie darauf ansprach, konnte sie ihm nicht sagen, warum das so war, ihr fehlte einfach etwas. Sie wollte sich so gerne um jemanden kümmern, sie war es immer gewohnt gewesen, für jemanden da zu sein, zu Hause in St. Florian war ihre kleine Schwester da, die sie gebraucht hatte, die wurde jetzt erwachsen, damit war das auch vorbei.

Auf dem Nachhauseweg nach einem netten Abendessen und anschließendem Kinobesuch sagte sie zu Roberto geradeheraus: „Ich möchte gerne eine Familie mit dir gründen. Ich wünsche mir nichts mehr, als Kinder mit dir zu bekommen." Jetzt wurde ihm auch klar, was ihre Traurigkeit, die sie immer überkam, wenn er nicht zu Hause war, verursacht hatte. Einsamkeit. Wahrscheinlich das Schlimmste, das ein Mensch erleben konnte.

Er freute sich riesig, dass sie diesen Wunsch mit ihm gemeinsam verwirklichen wollte, für ihn war klar, dass sie die Frau für sein Leben war, mit der er Kinder in die Welt setzen wollte. Die Beziehung lief hervorragend, sie verstanden und vertrauten einander bedingungslos.

Allerdings würde ihre Wohnung zu klein werden, sie müssen sich etwas Größeres suchen. Ein Haus zu kaufen konnten sie sich nicht leisten, nicht, dass sie arm gewesen wären, aber sie hatten beschlossen, in dieser Stadt zu bleiben, und hier waren die Immobilienpreise doch für Normalverdiener kaum zu stemmen, also blieb ihnen nichts anderes übrig, als sich eine Mietwohnung zu suchen.

Damit hatten sie beide allerdings kein Problem, wichtig wäre es, dass sie eine Wohnung fanden, die groß genug war für mindestens vier Personen und die in einer guten Gegend lag, wo es gute Kindergärten und Schulen in der Nähe gab.

So eine Wohnung zu finden, war leichter als gedacht, ein befreundetes Pärchen hatte sich gerade ein Haus auf dem Land gekauft und suchte einen Nachmieter für ihre Wohnung. Sofort schlugen sie zu, und schon war das Problem gelöst.

22. April 2006

Schwanger zu werden war viel schwieriger als erwartet, vielleicht steigerte sie sich da zu sehr rein, man hat schon oft gehört, dass das dann Blockaden auslöst. „Oder ich bin nicht fähig, Kinder zu zeugen." Klatsch, wie ein Schlag ins Gesicht wurde ihm bewusst, dass das auch eine Möglichkeit war, schließlich versuchten sie es nun schon seit über drei Monaten. Paulina hatte sogar einen Eisprungkalender besorgt, der ihre fruchtbaren Tage anzeigte, um diese ja nicht ungenutzt verstreichen zu lassen. Der Sex an diesen Tagen war nicht schlecht, obwohl sich Roberto oft mehr Abwechslung gewünscht hätte, doch wenn er sie darauf ansprach, reagierte sie sehr abweisend. Er arrangierte sich mit dieser Tatsache, schließlich liebte er sie über alles, da hatte er kein Problem damit, ob der Sex abwechslungsreich war oder nicht.

Es war zwar schon Ende April, doch es schneite außergewöhnlich stark. Die Straßen waren heute eisig und rutschig, ein guter Grund, zu Hause zu bleiben. Paulina hatte zufällig auch ihre fruchtbaren Tage.

Sie blieben im Bett liegen, Roberto strich ihr zärtlich über den Rücken, vom Nacken bis zum Po-Ansatz und wieder zurück. Ihre zarte weiße Haut erregte ihn. Er schlüpfte zu ihr unter die Decke und genoss ihre Wärme auf seiner Haut.

Er küsste sie auf den Nacken, was sie mit einem wohligen, schnurrenden Laut quittierte, und langsam öffnete sie die Augen. Sie drehte sich zu ihm um, und ihre Lippen fanden sich, leicht neckte er mit seiner Zunge ihre Lippe. Sie schmeckte leicht salzig, und doch war es so sinnlich, sie zu küssen. Seine Hände wanderten unter ihr Nachthemd und fanden ihre herrlichen Brüste. Zärtlich streichelte er sie, ihre Brustwarzen wurden unter seinen Händen immer härter und zeigten ihm, dass auch Paulina immer erregter wurde. Seine Hände wanderten weiter zu ihrem Dreieck, sie öffnete leicht die Schenkel, und leicht strich er über ihre Schamlippen. Er spürte, wie feucht und geil sie schon war, was auch auf ihn ohne Zweifel zutraf. Er öffnete mit seinen Fingern ihre Schamlippen und drang mit einem Finger in ihre feuchte Grotte ein. Sie genoss diese Behandlung ungemein und gab sich ihrer Lust hin.

Er zog ihr das Nachthemd und Höschen aus und erkundete mit seinen Lippen ihren Körper, vom Hals abwärts zu ihren Brüsten, saugte an ihren Brustwarzen, was sie fast verrückt werden ließ, und weiter zu ihrem Bauchnabel. Als er mit seiner Zunge zart über ihren Kitzler leckte, stöhnte sie laut auf und presste seinen Kopf fester zwischen ihre Schenkel. So hemmungslos war sie noch nie gewesen. Er ließ von ihr ab und zog sich aus. Er kniete sich mit steifem Glied über sie, und sie nahm ohne zu zögern seine ganze Männlichkeit in den Mund. Sanft ließ sie seine Eichel vor und zurück gleiten, was wiederum Roberto fast um den Verstand brachte. Ihre Zunge spielte dabei um seine Spitze, und er musste sich beherrschen, um nicht zu kommen.

„Ich bin so geil auf dich, ich will dich spüren, jetzt", sagte sie, als sie sein Glied freiließ, „bitte nimm mich."

Das konnte er sich nicht zweimal sagen lassen, er legte sich zwischen ihre Schenkel und führte sein bestes Stück zu ihrer Spalte. Hart drang er in sie ein. Er stieß immer wieder wie wild zu, wobei sie ihn mit scharfen Worten anfeuerte. „Gib's mir mein geiler Hengst, heute gehöre ich dir, nimm mich hart", stöhnte sie immer wieder zwischen seinen Stößen. Bis er es nicht mehr aushielt, seine Muskeln begannen zu zittern, und er wusste, dass er gleich in ihr kommen würde. „JAAA, gib's mir", stöhnte sie nur noch, als sie zusammen zu einem unbeschreiblichen Höhepunkt kamen.

Völlig außer Atem sackte er neben ihr zusammen, und beide kuschelten noch eine ganze Weile und genossen diese wunderschöne Atmosphäre, die sich breitgemacht hatte. Bis sich schließlich der Hunger meldete und sie gemeinsam frühstückten.

Immer wieder neckte er sie liebevoll während des Frühstücks, fütterte sie mit kleinen Tomaten und mit Obststücken, die sie sich zurechtgeschnitten hatte. Wie kleine Kinder alberten sie an diesem Morgen herum. Bis er sich eine Apfelspalte zwischen die Lippen steckte und sie damit fütterte. Als sich ihre Lippen trafen, gaben sie sich einen so leidenschaftlichen Kuss, dass sie sofort wieder erregt waren. Jetzt ließen sich beide keine Zeit mit einem langen Vorspiel. Da sie unter ihren Bademänteln noch immer nackt waren, hinderte sie nichts daran, sofort zur Sache zu kommen. Er zog sie auf seinen Schoß, schob ihren Bademantel hoch und drang jetzt, anders als vorhin, zärtlich in sie ein. Es dauerte nicht lange, und sie kamen ein zweites Mal an diesem Tag, wieder zusammen.

Noch nie hatten sie zweimal an einem Tag Sex und schon gar nicht so hemmungslosen wie heute. „Eine tolle", Frau ging es Roberto durch den Kopf, und er hoffte, dass es das in Zukunft öfter geben würde, und sie verbrachten den restlichen Tag ganz gemütlich auf der Couch und zappten durch das Programm.

Als Roberto ein paar Wochen später nach Hause kam, hüpfte Paulina in der gesamten Wohnung auf und ab, sie lief ihm entgegen, legte ihre Arme um seine Schultern, küsste ihn leidenschaftlich, „willkommen zu Hause, wir freuen uns so, dass du da bist", waren ihre Worte. Kurz schaute er sie verständnislos an, dann ging ihm ein Licht auf, und er freute sich zusammen mit ihr. Sie würden Eltern, würden ein Baby bekommen, bald würden sie eine richtige kleine Familie sein.

5. Januar 2019

Das war ein weiterer wunderbarer Moment, und auch der hat für ihn viel an Bedeutung verloren. Seine Kinder liebte er natürlich von ganzem Herzen, die konnten nun wirklich gar nichts dafür, dass sich seine Frau von ihm getrennt hatte.

Er lebte jetzt mit den Kindern gemeinsam in der Wohnung. Er hätte seine Kinder keine Sekunde verlassen, das war das letzte, was er sich vorstellen konnte. Roberto verstand die Väter nicht, die das konnten, die ihre Kinder nur alle zwei bis drei Wochen sahen. Ein Ding der Unmöglichkeit, zumindest für ihn.

Aber irgendwann mal würden sie selbst ein Leben führen müssen und ihn auch verlassen, zwar nicht auf die Art und Weise wie Paulina es getan hatte, doch dann wäre er komplett alleine. Und er fiel noch tiefer in das Loch, das ihn gefangen hält.

6. Januar 2019

Schon seit einer Woche hält sich dieses Hoch und liefert Temperaturen über 15 Grad. Viel zu warm. Roberto konnte das Wetter allerdings genauso wenig ändern wie jeder andere Mensch, und so war es wieder an der Zeit, den Tag im Freien zu verbringen.

Kurz nach dem er mit seinen beiden Kindern gemeinsam gefrühstückt hatte, brachen sie mit dem Auto auf, um in die Berge zu fahren, um dort wandern zu gehen. Sie stiegen in ihren Seat Alhambra, den sie schon so viele Jahre hatten.

Eine Stunde später waren sie am Ziel, wie oft war er hier gemeinsam mit Paulina gewesen, es war so etwas wie ihr Hausberg, hier kannten sie alle Wanderwege und jede Rasthütte. Sie hatten ihre gemeinsame Zeit hier immer genossen, oder hat nur er sie genossen?

Und wieder war er auf der Suche nach der Antwort, warum das passiert ist. War es ihre Hochzeit, hatten sie zu schnell geheiratet? Was war nur aus ihnen geworden?

9. September 2006

#Traumhochzeit?#auchzujung

Roberto stand schon seit über einer Stunde am Fenster und schaute aus dem Fenster. Es war 6 Uhr früh. Seit einer gefühlten Ewigkeit hatte er die Nacht wieder einmal alleine verbracht, Paulina schlief bei ihren Eltern auf dem Land. Dort war es Brauch, dass man am Tag seiner Hochzeit von Freunden und Nachbarn aufgeweckt wurde, damit man ja nicht verschlief. Sie mochte diese Bräuche, und so hatte es nie zur Debatte gestanden, nicht mitzumachen. Nur dass sie mehr unter Zeitdruck war als er, schließlich musste sie noch zum Friseur, sich schminken und das Anziehen des Brautkleides war aufwendig, einen Anzug zu tragen, war einfacher.

Er hatte noch Zeit, bis er sich anziehen und weiter zum Fotografen musste. Dort wollten sie sich treffen. „Ich werde heute heiraten", er war richtig stolz darauf, dass Paulina ja gesagt hatte, als er sie gefragt hatte. Sie hatte auch kein Problem damit, dass sie schwanger war und man ihren Bauch bereits deutlich sehen konnte, ganz im Gegenteil, da sie katholisch erzogen wurde, war es für sie sogar wichtig, kein uneheliches Kind zur Welt zu bringen.

Klar waren sie noch jung, er war gerade 25 und Paulina 21 Jahre alt, aber sie erwarteten ein gemeinsames Kind, er war überzeugt davon, dass sie das gemeinsam schaffen.

Nachdem er einen Kaffee getrunken hatte und sich den Hochzeitsanzug angezogen hatte, klingelte es schon an der Tür. Sein bester Freund und Trauzeuge stand vor der Tür. Es war an der Zeit, aufzubrechen.

Kurze Zeit später trafen sie beim Fotografen ein, Paulina kam nur fünf Minuten danach an. Roberto traute seinen Augen nicht, als er sie sah, noch nie im Leben hatte er eine so wunderschöne Frau gesehen, ihr dunkles langes Haar hatte sie hochgesteckt. „Ja, das ist sie, meine Traumfrau." Und nichts und niemand hätte ihn in diesem Moment davon abbringen können, sie zu heiraten. „Mit dieser Frau werde ich mein ganzes Leben verbringen", dessen war er sich absolut sicher.

Der Tag war wundervoll, die ganze Familie und alle Freunde feierten mit ihnen. Als er Paulina nach den Worten des Standesbeamten „Sie dürfen die Braut jetzt küssen", küsste und in den Arm nahm, blieb kaum ein Auge trocken. Wunderschön war die Zeremonie, und auch alles andere war an diesem Tag perfekt. Die Hochzeitstafel, das Essen, der abendliche Tanz, es war alles, wie sie sich es vorgestellt hatten. Der Tag war bereits lang und sehr anstrengend gewesen, als sie sich schon nach Mitternacht von den Gästen verabschiedeten. Jeder wollte sie in den Arm nehmen und ihnen das Beste für die Zukunft wünschen. Als Roberto zur Trauzeugin, der Schwester von Paulina, kam, nahm ihn diese in den Arm und flüsterte ihm zu: „Kümmere dich gut um sie, mach sie glücklich!" „Das werde ich, ich werde alles, was ich im Stande bin zu tun machen, um ihr ein schönes Leben zu bieten", antwortete er ihr und war überzeugt, dass es auch so sein würde.

Total müde, aber überglücklich fuhren beide in die Wohnung, nachdem sie ihre Hochzeitskleidung ausgezogen hatten, fielen sie ins Bett und schliefen vor Erschöpfung augenblicklich ein. Roberto war nach ein paar Stunden als Erster wieder wach. Noch immer konnte er sein Glück kaum fassen. Mit Küssen auf den Rücken weckte er sie liebevoll auf. Sie drehte sich zu ihn um, und mit einem „Guten Morgen mein Schatz", gab sie ihm einen Kuss.

„Ich verspreche dir auch heute, dich immer zu lieben, auf Händen zu tragen und immer für dich und unsere Kinder da zu sein." Dabei streichelte er liebevoll ihren Bauch. Wie sehr freute er sich in diesem Moment schon darauf, Vater zu werden.

6. Januar 2019

So schön diese Erinnerung war, so weh tat sie auch. So sicher war er sich an jenem Septembertag gewesen. Kein Blatt Papier hätte zwischen sie gepasst.

Und heute, so schlimm war es schon lange nicht mehr gewesen. Bei den Erinnerungen seine Hochzeit schmerzte ihm nicht nur sein Herz, es schnürte auch seine Kehle zu.

Wie konnte man so ein wichtiges Versprechen einem anderen Menschen geben und es dann so mir nix dir nix brechen? Ohne mit der Wimper zu zucken, noch dazu an einem in ihrem gemeinsamen Leben so besonderem Tag. Wie es aussah, hatte sie nicht nur keine Gefühle mehr für ihn, sondern es waren ihr die Gefühle ihrer Mitmenschen total egal.

Roberto hatte keine Ahnung, wie es weitergehen soll, wie lange er noch weiterfallen würde, in dieses tiefe schwarze, dunkle Loch.

22. Januar 2019

#schmerzhafteErinnerung#denKindernzuLiebe

Heute würde es besonders schlimm werden, heute war Benjamins Geburtstag. Benjamin, der Name steht für Kind des Glücks oder Glückskind, welche Ironie. Benjamin hatte sich diesen Namen wirklich verdient, zuerst klappte es mit dem schwanger Werden ja nicht nach Wunsch und dann noch die Schrecksekunde am Tag der Geburt ihres Sohnes.
 Die gesamte Zeit hatte er damals neben ihr im Kreissaal gesessen und ihr die Hand gehalten, ihr Mut zugesprochen. Hatte alles versucht, um ihr zu helfen, ihr irgendwas abzunehmen, ihr die Geburt zu erleichtern. Was für einen Mann natürlich eigentlich nicht möglich ist, er konnte nur für sie da sein und das machen, was ihm die Hebamme oder die Krankenschwestern auftrugen. Selbstverständlich hatte er damals alles gemacht, was notwendig war. Das Wunder einer Geburt zu erleben, hat in seinem Leben viel ausgelöst. Danach nahm er nichts mehr für selbstverständlich hin. Und damals hat es ihn noch enger mit Paulina verbunden, als er es für möglich gehalten hätte.
 Was war nur passiert mit ihnen?

22. Januar 2007

Es war kurz nach Mittag, als sich sein Smartphone meldete. Er war jetzt ständig in Alarmbereitschaft wenn sie anrief, schließlich hatte sie in zwei Tagen den errechneten Geburtstermin. Roberto war froh, dass die Schwangerschaft bisher ohne Probleme verlaufen war. Er hoffte jetzt, dass auch die Geburt komplikationslos über die Bühne gehen würde.

Paulina war am Telefon und bat ihn, so bald wie möglich nach Hause zu kommen. Ihr war schrecklich übel, und sie fühlte sich überhaupt nicht wohl. Sie glaubte aber nicht, dass es bereits Wehen waren.

So schnell es ging, machte er sich auf den Weg nach Hause, unterwegs sagte er telefonisch alle seine Kundentermine ab.

„Hallo Schatz", rief er, als er die gemeinsame Wohnung betrat, sie antwortete nicht, sofort hatte er ein ungutes Gefühl, schon fast Angst. Sie war im Badezimmer, hatte sich schon mehrmals übergeben. Leichenblass war sie, und mit ihren Augen sah sie fast durch ihn durch. Dass hier was nicht stimmte, konnte er sofort sehen, da brauchte er kein Arzt zu sein.

Sofort wählte Roberto den Notruf und holte die seit Tagen bereits fertig gepackte Reisetasche. Es dauerte fast zehn Minuten, bis die Sanitäter an die Tür klopften, die er bereits geöffnet hatte. Paulina ging es sehr schlecht, sie war nicht in der Lage, etwas zu sagen. Da sie hochschwanger war, wurde nichts riskiert und auf der Stelle ein Notarzt geholt.

So schnell wie möglich wurde sie ins Krankenhaus gebracht. Roberto lief zu seinem Skoda Fabia und beeilte sich, hinterher zu kommen. Der Portier schickte ihn in den dritten Stock auf die Geburtenstation. Da ihm der Lift zu langsam war, lief er gleich zwei Stufen auf einmal nehmend nach oben. Keuchend kam er ans Ziel. Verwirrt schaute er sich um, wo würde er sie hier finden?

Er erinnerte sich daran, wie sie hier den Geburtsvorbereitungskurs besucht hatten, damals hatten sie unter anderem den Kreissaal besichtigt. Dahin ging er, klopfte kurz an die Tür und trat ohne eine Antwort abzuwarten ein. Paulina lag bereits auf einer Krankenliege, und eine Krankenschwester kam mit einem Blutdruckmesser aus einem Nebenzimmer. „Wie geht's dir?", wollte er wissen. „Schon sehr viel besser", antwortete sie. „Ich weiß nicht, was das war, aber sie haben gesagt, dass der Oberarzt gleich vorbeischauen würde und sich dann um mich kümmert", erzählte sie weiter. Und genauso war es auch. Der Oberarzt war ein etwas kleinerer Mann und hatte die 50 sicher schon vor einiger Zeit überschritten, seine Haare waren bereits grau geworden.

„Das kann beim Einsetzen der Wehen passieren", klärte er Roberto und Paulina auf, „da kann der Kreislauf komplett zusammensacken, gut, dass alle so schnell reagiert haben, sonst könnte sowas schlimm enden." Zu Paulina gewandt fuhr er fort: „Wir werden Ihnen jetzt eine Infusion verabreichen, die für sie und das Kind völlig ungefährlich ist, die allerdings ihren Kreislauf soweit stabilisieren wird, dass eine normale Geburt möglich sein wird, und mit dieser rechne ich noch fest heute."

Wie vom Donner gerührt stand Roberto da, „ich werde heute noch Vater", dachte er und spürte eine Freude wie ein kleines Kind kurz vor Weihnachten.

Es dauerte noch eine halbe Stunde, dann war sie wieder soweit fit, und sie gingen in die Krankenhauskantine, um eine Kleinigkeit zu essen. Die Hebamme hatte gesagt, dass es wichtig wäre, dass sie ihre ganze Kraft für die Geburt sammeln solle. Mittlerweile war es früher Abend geworden, und die Dunkelheit hatte sich über die Stadt gelegt.

Kurz vor halb acht war es dann soweit, ihre Wehen, die sie jetzt deutlich spürte, wurden rasend schnell häufiger und kamen in kürzeren Abständen. Schon bald setzten die Presswehen ein, sie waren bereits eine Weile im Kreissaal und wurden von einer sehr jungen, aber netten Hebamme betreut.

Mit ruhiger Stimme versuchte sie, Paulina Mut zu machen, redete unentwegt auf sie ein. Es dauerte nicht lange, und ihr gemeinsamer Sohn Benjamin erblickte das Licht der Welt.

Das Gefühl, dieses kleine Wunder in den Händen zu halten, erfüllte ihn mit so unglaublichem Stolz, wie er ihn noch nie in seinem Leben gefühlt hatte. Paulina ging es ganz gut, sie musste aber mit drei Stichen genäht werden. Während der Oberarzt das übernahm, saß Roberto mit Benjamin in den Händen da und schaute dem Kleinen lange in die Augen. „Willkommen auf dieser Welt, kleiner Mann", sagte er leise zu ihm. „Ich werde immer für dich da sein und versuchen, dir ein schönes Leben zu ermöglichen, alles für dich zu tun", versprach er ihm in diesen Minuten.

Zwei Stunden später lagen sie zu dritt im Krankenhauszimmer, lächelnd, zufrieden und glücklich.

„Was wird dieser kleine Zwerg noch alles anstellen?", waren Robertos Gedanken, würde er brav sein, oder würden sie sich Tag ein und Tag aus Sorgen machen müssen, weil er alles ausprobieren musste und seine Grenzen immer wieder überschreiten würde? Er freute sich auf die Zukunft.

22. Januar 2019

Irgendwie muss er den heutigen Tag überstehen, Paulina will vorbeikommen, um ihrem Sohn zu gratulieren. Er hat sich vorgenommen, dass er ihr soweit es möglich ist aus dem Weg gehen wird, während sie da ist.

Auch beide Großelternpaare haben sich angekündigt, da gab es noch die Hoffnung, dass es in diesem Fall leichter werden würde.

Tieftraurig startete er mit den Vorbereitungen, die Torte hatte er gekauft, bei allem anderen war er auf sich alleine gestellt, aber das würde er schon schaffen.

Und nach wie vor gab es keine Sekunde, in der er nicht über sein Leben nachdenken musste und er viel weiter und weiter, tiefer und tiefer in dieses Loch, das ihn gefangen hielt.

3. Februar 2019

#FamilieüberAlles

Heute war Sonntag, und er hatte vor, diesen mit seinen Kindern zu verbringen. Eigentlich wollten sie etwas unternehmen, aber leider hatte seine Tochter Emma Fieber bekommen, und so waren sie gezwungen, zu Hause zu bleiben. Sie versuchten, das Beste daraus zu machen und verbrachten den Tag vor dem Fernseher und sahen sich alte romantische Disney-Filme an. Bei denen gab es immer ein Happy End.

Es gelang ihm wieder nicht, seine Gedanken von ihr wegzulenken. Wieder musste er daran denken, was sie alles durchgemacht hatten und was sie immer gemeinsam in den Griff bekommen hatten. Es war natürlich nicht immer einfach, das war es ja für niemanden, und doch waren sie immer stolz, aus jeder schwierigen Situation etwas zu lernen.

Ganz schlimm war es für Paulina, als sie ihre niederschmetternde Diagnose bekommen hatte. Selbstverständlich stand er ihr zur Seite, er hätte keine Sekunde daran gedacht, das nicht zu tun.

Was war nur aus ihnen geworden?

Frühjahr/Sommer 2007

Seit mehreren Wochen ging es Paulina nicht gut. Bei jeder Gelegenheit fuhr sie aus der Haut, musste immer wieder weinen, konnte nicht lachen und sich über nichts freuen. Deshalb hatte ihr Roberto einen Termin bei einem Therapeuten gemacht und sie gedrängt, diesen auch wahrzunehmen.

Sie saßen schweigend im Vorzimmer und warteten darauf, aufgerufen zu werden. Keine zehn Minuten später war es soweit, und sie nahmen im Behandlungszimmer Platz.

Nachdem sich der Therapeut ein Bild von den beiden gemacht hatte, bat er Roberto nach draußen, er wollte mit seiner Frau unter vier Augen sprechen. Er verstand das natürlich zu gut, machte sich aber doch Sorgen, hätte gerne gewusst, was sie bedrückte und wie er ihr helfen kann. Roberto war nicht der Typ, der seine Gefühle offen zeigen konnte, und das obwohl er überaus sentimental war, das hieß aber nicht, dass er keine Gefühle hatte. Nach über einer halben Stunde wurde er wieder dazu geholt. Er setzte sich zu Paulina, sah an ihren geröteten Augen, dass sie geweint hatte und bekam Angst. Er nahm ihre Hand und fragte, ob sie herausgefunden hatten, was mit ihr los war. „Ihr müsst jetzt sehr stark sein, und Roberto, du musst dir viel Zeit und Geduld nehmen und immer für deine Frau da sein", begann der Arzt das Gespräch, „leider muss ich dir sagen, dass Paulina unter sehr starken Depressionen leidet." Geschockt saß er da, schaute ihr tief in die Augen, dann nahm er sie in den Arm und versprach ihr, alles für ihn Mögliche zu tun, damit sie das übersteht, wieder gesund wird. Jetzt konnte er seine Gefühle nicht mehr unterdrücken und fing an, bitterlich zu weinen, die Tränen liefen ihm über die Wangen „Es tut mir so leid", sagte er immer wieder zu ihr, als wäre er Schuld daran.

Der Arzt empfahl ihnen einen Psychiater, den er gut kannte und von dem er überzeugt war, dass er gute Arbeit leistet. Umgehend machten sie bei diesem einen Termin und bekamen diesen schon am übernächsten Tag. Ein anderer Patient war, zum Glück für die beiden, beruflich verhindert und hatte seinen Termin abgesagt. In der Praxis des Arztes war alles sehr gemütlich eingerichtet, man stellt sich immer vor, dass man sich in solchen Fällen auf eine Couch legt, wie man es in Filmen sieht. Sie wussten nicht, ob das ein Klischee war oder nicht, aber hier war das nicht der Fall. Die Einrichtung bestand zwar aus vielen Polstermöbeln, sie sollten wahrscheinlich das Gefühl vermitteln, in einem gemütlichen Wohnzimmer zu sein.

„Darf ich euch mit du anreden?", fragte der Psychiater, womit sie natürlich kein Problem hatten. „Die Diagnose ist leider richtig", erklärte er weiter, „und ich will euch keine falschen Hoffnungen machen. Es wird ein harter und steiniger Weg werden, um das wieder in den Griff zu bekommen, so viel ist jetzt schon sicher." Roberto hatte sich schon etwas in diese Thematik eingelesen, und auch Paulina hatte sich informiert. Es war ihnen bewusst und sie waren bereit, sich helfen zu lassen. Das Wichtigste war ja, dass Paulina wieder gesund wurde, für sie selbst, für ihre Beziehung und natürlich für Benjamin, der seine Mutter ja brauchte und dem sie eine schöne Kindheit ermöglichen wollten.

Sie bekam unterstützend Medikamente und ging regelmäßig zu ihren Sitzungen. Meistens war Roberto dabei, aber nicht immer, es war wichtig, dass sie auch alleine dort auftauchte, um über ihre Gefühle und Wünsche zu reden. Auch in der glücklichsten Beziehung gab es Wünsche und Erwartungen, die man seinem Partner nicht sagen möchte, um ihn nicht zu verletzen.

Drei Monate war sie bereits in Therapie, und die ersten Erfolge stellten sich ein, es ging langsam aber stetig bergauf. Ihre Krankheit wirkte sich allerdings auch auf ihr Sexualleben negativ aus, seit der Diagnose hatten sie nur einmal miteinander geschlafen, und das war alles andere als erfüllend gewesen. Roberto wäre es nie in den Sinn gekommen, fremdzugehen oder sich Befriedigung bei einer Prostituierten zu holen. Er besorgte sich stattdessen ein paar Hochglanzmagazine, mit denen er sich selbst stimulieren und befriedigen konnte. An einem Mittwoch nach einem Abendtermin kam er nach Hause, und sie hatte eines dieser Magazine in der Hand. „Reiche ich dir nicht mehr aus?", fragte sie wütend.

Das schlechte Gewissen war sofort da. Roberto sagte, dass das nicht stimmen würde, dass sie aber verstehen solle, dass auch er Wünsche und Bedürfnisse hat, die sie im Moment nicht zu erfüllen imstande war. Paulina wollte das aber an diesem Abend nicht verstehen. Wütend ging sie ins Bett, und Roberto traute sich nicht, ihr zu folgen. Er wartete eine halbe Stunde, bevor er auch das Schlafzimmer betrat. Er entschuldigte sich bei ihr und wollte sie in den Arm nehmen, sie ließ das aber nicht zu. Wortlos schliefen sie ein.

Am nächsten Morgen versuchte er erneut, sie in den Arm zu schließen, dieses Mal ließ sie es zu. Erneut entschuldigte er sich, er wollte sie nicht verletzen.

Paulina meinte, dass sie ihn eigentlich ja verstehen würde und sie versuchen würde, es in Zukunft besser zu machen. Dabei lächelte sie verschmitzt, das erste Mal seit Monaten. Es war noch sehr früh am Morgen, und Benjamin schlief noch in seinem Gitterbett, das im Nebenzimmer stand. „Warte hier", flüsterte sie ihrem Mann ins Ohr und schlüpfte aus dem Bett. Als sie wiederkam, hatte sie ihre weißen Dessous an, einen schönen Spitzen-BH und einen String-Tanga, dazu hatte sie einen Strumpfgürtel und Strapse angezogen. Sofort war er erregt. „Mach deine Augen zu", flüsterte sie, als sie über ihn krabbelte. Mit einem Seidenschal fesselte sie seine Hände über seinem Kopf zusammen. Er genoss ihre Behandlung sichtlich, er konnte im Moment nur leise stöhnen. Zuerst küsste sie ihn innig, leicht drang sie mit ihrer Zunge in seinen Mund ein, weiter zu seinen Brustwarzen, sie saugte zuerst an der linken und dann an der rechten, während sie mit ihrer Hand sanft sein steifes Glied massierte, leicht auf und ab, es ließ ihn verrückt werden. Da er sich nicht wehren konnte, musste er sich ihr hingeben, was ihm aber nur recht war. Sie rutschte weiter nach unten und fuhr mit ihrer Zunge den Schaft seines Schwanzes auf und ab, spielte an seiner Eichelspitze. Er musste sich beherrschen, um nicht sofort zu kommen. Als sie seine Männlichkeit in ihren Mund nahm, entkam ihm ein lautes, zufriedenes Stöhnen „Oh ja, das ist geil, aber nicht so schnell, ich will noch nicht kommen, ich will dich auch verwöhnen", sagte er zu ihr. „Eines nach dem anderen", kam von ihr, „jetzt wirst du von mir verwöhnt, und dann bin ich dran", antwortete sie und widmete sich wieder ihren Blaskünsten. Kurz bevor er tatsächlich kam, stoppte sie, zog ihren String aus und setzte sich auf sein Gesicht. Sofort fuhr er mit der Zunge über ihren Kitzler, schmeckte sie und wurde noch geiler. Sie war schon richtig feucht, auch sie war wahnsinnig geil geworden bei ihrem Vorspiel. Seine Zunge suchten sich den Weg in ihre heiße Muschi, fickte sie damit leicht. Sie wurde tatsächlich noch feuchter und presste ihren Schoß fest auf sein Gesicht. „Du machst mich wahnsinnig", keuchte sie „ich will dich jetzt spüren", rutschte nach unten und spießte sich auf seinem Schwanz regelrecht auf. „Aaaah genau, das brauch ich jetzt", kam von ihr, immer wieder bewegte sie sich auf und ab, sie bestimmte das Tempo, einmal schneller und einmal langsamer, um den Orgasmus so lange wie möglich hinauszuzögern. Roberto konnte nicht mehr an sich halten, sein Schwanz fing an zu pulsieren. „Ich komme, ich komme", stieß er keuchend hervor und entlud sich in ihr. Sie erhöhte noch einmal das Tempo und streichelte ihren Kitzler mit zwei Fingern. „Ja, komm du geiler Hengst, ich bin auch soweit", und noch während er in ihr kam, hatte auch sie ihren Orgasmus. Völlig erschöpft lag sie mit ihrem Kopf auf seiner Brust, „das hab ich gebraucht", sagte sie und küsste ihn.

Wenig später wurde ihr Sohn wach, und der Alltag hatte sie wieder im Griff. Sie versuchten aber, von da an mehr miteinander über die Bedürfnisse des anderen zu reden, was ihnen im Grunde auch gelang, zumindest in dieser Phase ihrer Beziehung.

Sie hatten wieder regelmäßig Sex, zwar meistens vorm Zubettgehen und in der Missionarsstellung, doch immerhin. Es beschleunigte auch die Heilung von Paulina, die von da an wieder öfter lachen konnte. Sie musste zwar noch immer zu ihren Therapiesitzungen, doch die wurden immer seltener, in längeren Abständen notwendig.

„Wir werden den restlichen Weg auch noch schaffen. Jetzt haben wir schon so viel geschafft und werden auch alles schaffen, was noch auf uns zukommt, gemeinsam."

3. Februar 2019

Wie hatte er sich so täuschen können? Wäre es notwendig gewesen, hätte er auch eine Therapie gemacht, hätte ihr Hilfe von überall aus der Welt kommen lassen, wenn sie diese gebraucht hätte, um gesund zu werden. Nie und nimmer hätte er sie alleine gelassen, das hatte er ihr schließlich vor so vielen Jahren versprochen. Ein „Gemeinsam" gab es allerdings nicht mehr, warum, wusste er nicht, nach wie vor war ihm das ein unlösbares Rätsel.

Und mit diesen Gedanken fiel er weiter in die Tiefe!

4. Februar 2019

#dasGefühlalleinezusein

Er war mit seinen Kindern bei seinen Eltern zum Essen eingeladen. Seine Eltern waren schon in Pension und unternahmen viel gemeinsam. Fuhren unter anderem gerne in die Berge, um dort zu wandern. Sie versuchten aber auch, ihn zu unterstützen, wo immer es ging. An jenem Tag, an dem er ihnen sagte, dass sich Paulina von ihm trennen, dass sie ausziehen würde, hatte seine Mutter gemeinsam mit ihm geweint. Sein Vater, kein Mann großer Worte, nahm ihn in den Arm und versprach, ihm zu helfen wo er kann, dass er sich nur melden solle, wenn er Hilfe und Unterstützung braucht, dafür war er überaus dankbar.

Als sie sich auf den Weg zum Auto machten, kamen sie wieder, seine Erinnerungen, wie es aussah, würde das von nun an immer sein, so oft hatten sie gemeinsam mit den Kindern einen Ausflug gemacht, sich alles Mögliche angesehen.

Bei einem dieser Ausflüge erlebten sie eine Schrecksekunde mit ihrem Sohn, weil sie kurz unachtsam gewesen waren. Aber nie hatte einer dem anderen einen Vorwurf gemacht, beide wussten, dass so etwas immer und überall passieren kann, vor allem bei Kindern.

Was ist nur aus uns geworden?

6. Januar 2008

Der Dreikönigstag damals war ein winterlicher, aber dennoch schöner Tag, Benjamin machte bereits seine ersten Schritte, und sie planten, das Haus der Natur in Salzburg zu besuchen. Sie packten alles zusammen, was sie so für den Kleinen brauchten und fuhren los. Über die Autobahn würden sie etwas mehr als eine Stunde unterwegs sein. Und so war es auch.

Sie zahlten an der Kasse den Eintritt für eine Familienkarte und begannen ihren Rundgang. Benjamin wollte selbst laufen, und so nahm ihn Paulina an der Hand. Da er noch kein Jahr war, verstand er noch nicht viel vom dem, was ausgestellt war, sehen wollte er aber doch alles und auch anfassen. Vor einer kurzen Treppe, die in den Nebenraum führte, ließ Paulina seine Hand kurz los, und schon war er unterwegs.

Sie hörten ihn nur laut schreien, gleichzeitig liefen beide in seine Richtung. Der Kleine war über die Stufen gestürzt und lag laut weinend auf dem Bauch. Mit einem Sprung über die Stufen war Roberto sofort bei ihm und hob ihn auf. Benjamin hatte ein kleine Schramme im Gesicht, das war aber nicht das Schlimmste, das er entdeckte, denn er bemerkte auch gleich, dass sein Arm verdreht war. So schnell es ging, liefen alle drei zu ihrem Wagen, den sie in der Tiefgarage geparkt hatten. Gott sei Dank gab es an diesem Tag keinen Berufsverkehr, so schafften sie es mit Hilfe eines Routenplaners auf dem Smartphone in nicht einmal 20 Minuten bis zum nächstgelegenen Krankenhaus. Dort allerdings warteten zu ihrer Überraschung bereits einige Menschen auf ärztliche Versorgung, es war schließlich Winter, und auf den glatten Straßen rutschte die eine oder andere Person schnell aus und verletzte sich. Knochenbrüche waren an der Tagesordnung.

Roberto ging zur Anmeldung, während Paulina mit Benjamin im Arm im Wartebereich Platz nahm. „Sie müssen sich leider ein wenig gedulden", hörte er die Dame an der Anmeldung sagen, „heute ist außergewöhnlich viel los, wir werden aber unser Bestes tun, damit sie so schnell wie möglich an der Reihe sind."

Trotzdem verging eine halbe Stunde, in der der Kleine leise vor sich hin weinte, er bewegte den verletzten Arm nicht. Je länger sie warteten, desto schlimmer wurde es für Roberto. „Hoffentlich ist es nicht zu schlimm", dachte er. Endlich wurden sie in ein Behandlungszimmer geholt, in der ein junger Arzt und eine Stationsschwester, die er so um die 40 schätzte, warteten. Der Unfallhergang wurde geschildert, und vorsichtig tastete der Arzt den Arm des Kindes ab, danach schickte er sie ins Röntgenzimmer, was aber weder ihn noch Paulina wirklich überraschte.

Dort mussten sie nicht warten, wurden sofort drangenommen. Zuerst wurden alle Schutzmaßnahmen getroffen, dann verschwand die Krankenschwester hinter einer Glasscheibe, und man hörte es zweimal klicken, und schon wurden sie gebeten, wieder im Warteraum Platz zu nehmen.

Jetzt ging alles schon viel schneller, und fünf Minuten später saßen sie wieder im Behandlungsraum. Auf den Röntgenbildern, die dort hingen, konnte man sofort sehen, dass Elle und Speiche gebrochen waren. Er hatte immer gedacht, dass bei Kindern, die noch so klein waren, die Knochen gar nicht brechen konnten, da sie noch viel zu weich waren. An diesem Tag wurde er eines Besseren belehrt.

Der Arzt erklärte ihnen sehr verständnisvoll, dass es sich um einen etwas komplizierteren Bruch handelte und der Arm nicht einfach eingegipst werden konnte. Er musste gestreckt und mit einer Schiene vorerst ruhig gestellt werden. Sie würden die Nacht hier verbringen müssen, und am nächsten Tag würde ein Oberarzt sich anschauen, wie sich der Bruch entwickelt hätte, im schlimmsten Fall würden sie operieren müssen, um bleibende Schäden und Verformungen des Armes zu verhindern.

Paulina fing sofort an zu weinen, „das tut mir so schrecklich leid, das wollte ich nicht." Roberto nahm sie in den Arm und versuchte, sie zu trösten: „Ich weiß mein Schatz, alles wird gut, du hast keine Schuld, niemand hat Schuld, so etwas passiert halt."

Jetzt wurden sie zwar ins Gipszimmer geschickt, aber nur, um die Schiene anlegen zu lassen.

Dorthin ging Paulina mit Benjamin alleine, Roberto ging zum Auto, um nachzusehen, ob sie genug Windeln und Nahrung für ihren Sohn mithatten. Dem war natürlich nicht so, sie waren nicht vorbereitet, um irgendwo zu übernachten. Er überlegte, was er tun könnte, einkaufen ging nicht, da ein Feiertag war und alle Geschäfte geschlossen hatten. Außerdem schlief Benjamin normalerweise nur mit seinem Lieblingsstofftier im Arm, wenn er das nicht hatte, quengelte er unaufhörlich. Dieses lag, wie konnte es anders sein, in seinem Gitterbett in Linz, in ihrer Wohnung.

Mit den paar Kleinigkeiten, die er im Auto fand, machte er sich wieder auf den Weg zu seiner Familie. Sie saßen im

Wartebereich, der Kleine hatte den Arm jetzt mit einer Schiene fixiert bekommen, und mit einem Tuch war der Arm an seinem kleinen Körper fixiert. Er weinte jetzt nicht mehr, konnte schon wieder ein wenig lachen und wollte bereits wieder seine Umgebung erkunden. Roberto besprach mit Paulina, was er machen solle, da sie nicht alles was sie brauchten hier hatten, und wenn dann wirklich eine Operation notwendig wäre, würden sie mit Sicherheit noch länger hier sein. Sie hatten ja auch selbst nichts zum Umziehen dabei.

„Du musst leider nach Hause fahren und ein paar Sachen holen", sagte sie, wohl wissend, dass er hin und zurück mindestens drei Stunden unterwegs sein würde. Es half aber nichts, es war noch nicht einmal Mittag, am frühen Abend würde er zurück sein. Er fuhr noch nicht gleich los, wartete noch, bis sie in ein Zimmer gebracht wurden, das für ein Kleinkind und ein Elternteil ausgestattet war. Dort angekommen legte Paulina sich mit ihrem Sohn in das frisch bezogene Bett, sie wirkte müde und besorgt. Roberto küsste sie, sagte, dass er sie lieb habe und dass alles gut wird. Danach machte er sich auf den Weg, um die notwendigen Sachen von zu Hause abzuholen. Da er trotz der Aufregung schon sehr hungrig war, besorgte er sich in der Kantine noch einen kleinen Snack für unterwegs.

Er fuhr schnell, wollte keine unnötige Zeit vergeuden, und während der Fahrt betete er sogar kurz, bat darum, dass alles gut werden würde. Er war noch vor dem Abendessen wieder in Salzburg, dabei hatte er eine große Reisetasche, in der er für jeden die wichtigsten Sachen eingepackt hatte, Unterwäsche, Zahnbürste, frische Kleidung und Windeln. Den Stoffhasen von Benjamin hatte er natürlich auch dabei. Als der Kleine diesen sah, lachte er vor Freude und streckte seine unverletzte Hand danach aus. Sobald er ihn hatte, kuschelte er liebevoll mit ihm.

Roberto sah, dass Paulina gerötete Augen hatte und fragte sie, ob alles in Ordnung sei. Sie nickte und gab ihm zur Antwort, dass es bereits wieder gehen würde. Er zog seine Schuhe aus, legte sich zu den beiden aufs Bett und nahm sie wortlos in den Arm. Bis zum Abendessen lagen sie so da, nur Benjamin krabbelte ständig zwischen ihnen hin und her, so gut es eben ging mit der Schiene.

Da das Bett für die ganze Nacht für zwei erwachsene Personen zu klein war, suchte Roberto eine Möglichkeit, wie er die Nacht verbringen konnte, um ein wenig Schlaf zu bekommen. Er fand zwei Wolldecken und beschloss, dass er es sich auf dem Boden gemütlich machen würde.

Wie er erwartet hatte, fand er auf dem harten Fußboden nur wenig Schlaf, aber immerhin ein paar Stunden waren es auch, ein bisschen ausgeruhter fühlte er sich doch.

Am nächsten Morgen, gleich nach dem Frühstück, schaute ein Oberarzt zu ihnen ins Zimmer, um mit ihnen die nächsten Schritte zu besprechen. Erleichtert hörten sie, dass er eine Operation für unnötig hielt, bei so kleinen Kindern würden solche Brüche im Regelfall sehr gut verheilen. Einen Gips würde Benjamin bekommen und zwar über den gesamten Arm und das für mindestens ein Monat. Ihnen fiel ein Stein vom Herzen, das waren trotz alledem einmal gute Neuigkeiten. Wieder war das Gipszimmer ihr Ziel, doch nun, um tatsächlich einen Gips anlegen zu lassen. Danach führten sie mit dem diensthabenden Oberarzt noch ein kurzes Gespräch, er gab ihnen alle Unterlagen, die sie benötigten, um die Nachkontrollen auch in Linz machen lassen zu können und nicht jedes Mal nach Salzburg fahren zu müssen.

Der Oberarzt hatte damals recht, die Brüche verheilten gut, zwar dauerte die Heilung länger als erwartet, fast zwei Monate war Benjamins Arm eingegipst, aber es blieben keine Schäden oder Beeinträchtigungen zurück.

Roberto nahm sich für jede Kontrolle die notwendig war Zeit, unterstützte Paulina und Benjamin, wo er konnte. Selbstverständlich war das so, warum hätte er etwas anderes machen sollen?

17. Februar 2019

Das war eine Zeit, die sie beide auf die Probe gestellt hatte. Und doch hatten sie auch das gemeistert, wie immer gemeinsam. Heute war alles ganz anders, was würde sein, wenn so etwas jetzt passieren würde? Jetzt, da er alleine war. Wie würde er heute mit dieser Situation umgehen? Er wusste es nicht, er wusste eigentlich gar nichts. „Was wird mir das Leben noch alles bringen?", dachte er.

Und er fiel, fiel weiter in sein tiefes schwarzes Loch.

28. Februar 2019

#schlaflos

Eine weitere schlaflose Nacht. Schlimm war sie gewesen, immer wieder musste er an Paulina denken, warum sie diesen Schritt getan hatte, warum sie ihn alleine gelassen hatte. Das war das Schlimmste an allem, das Alleinsein. Dafür war er nicht geschaffen, er war im Grunde ein geselliger Mensch und unternahm gerne etwas mit Freunden, oder sie gingen aus, besuchten Konzerte, was immer ihnen gerade Spaß machte.

Vorbei, endgültig, am Boden zerstört, ihm fehlte jede Hoffnung. Er fühlte sich elend, wieder einmal. Obwohl er wusste, dass er in die Zukunft blicken sollte, konnte er es nicht, die Vergangenheit ließ ihn einfach nicht los. So viele gemeinsame Erlebnisse, nicht immer schöne, es gab natürlich auch Meinungsverschiedenheiten. Im Prinzip versuchte er aber, jedem Streit aus dem Weg zu gehen, wenn es dann doch einmal soweit war, verschwand er auch mal eine Stunde aus der Wohnung, um seinen Kopf freizubekommen und um nichts zu sagen, was er später für immer bereuen würde. Vielleicht war es genau das, vielleicht war das das Problem: Hätte er immer sagen sollen, was er gerade dachte?

Da gab es diese Zeit, in der sie neue Freunde gefunden hatte und mit diesen auch gerne etwas unternahm, an und für sich ja kein Problem, nur er blieb auf der Strecke, natürlich störte es ihn, was sonst, sie war schließlich SEINE Frau, und er war stolz auf darauf.

Was war nur aus ihnen geworden?

März/April 2008

Paulina hatte, nach dem sich Benjamin den Arm gebrochen hatte, aufgehört ihn zu stillen. Dadurch hatte sie mehr Zeit für sich gewonnen, zumindest fühlte sie sich nicht mehr so eingesperrt, konnte mal zu einer Freundin oder zu ihrer Schwester zu Besuch fahren. Ein Fläschchen war ja schnell zubereitet, und das konnte ihm auch Roberto geben.

Das tat Roberto selbstverständlich auch gerne, er liebte es, seinen Sohn im Arm zu halten, ihn zu füttern, er konnte ihn stundenlang ansehen, den kleinen Bengel mit seinem zerzausten dunklen Haar, das er von seiner Mutter geerbt hatte.

In der Stadt gab es ein großes Fest, und Paulina wollte es gemeinsam mit ihrer besten Freundin besuchen und fragte Roberto, ob das in Ordnung sei und er bei Benjamin zu Hause bleiben würde. Für ihn war das kein Problem, er wäre zwar auch gerne auf dieses Fest gegangen, wollte aber bei den zwei Frauen nicht das fünfte Rad am Wagen sein. Er blieb also zu Hause, und die beiden Freundinnen gingen feiern.

Am nächsten Tag erzählte sie ganz aufgeregt, wie toll es war und welchen Spaß sie gehabt hatten. Sie hatten auch zwei Typen kennengelernt, die sie sehr sympathisch fanden und mit denen sie dann noch um die Häuser gezogen waren.

Sofort wurde Roberto eifersüchtig, wie konnten zwei wildfremde Männer seine Frau anbaggern? Dagegen tun konnte er jedoch nichts, und es war ja nichts passiert, warum dann ein Problem daraus machen?

Der Kontakt mit diesen Männern nahm aber in den nächsten Wochen zu. Sie berichtete auch stets, dass sie sich getroffen hatten, in welchem Lokal sie waren, davon erzählte sie nie etwas. Jedes zweite Wochenende ging sie damals aus, entweder mit ihrer Freundin oder mit ihrer Schwester. Es nagte sehr an ihm, alle möglichen Szenarien gingen ihm durch den Kopf, davon, dass sie fremdgeht bis dahin, dass sie ihn für einen dieser Typen verlassen könnte. Er musste mit ihr reden, so konnte das nicht weitergehen, es belastete ihn sehr.

„Schatz, ich muss es dir sagen, eigentlich möchte ich nicht, dass du einfach so mit wildfremden Männern ausgehst", sagte er beim gemeinsamen Mittagessen, das er alleine gekocht hatte, um sie ausschlafen zu lassen, da am Tag vorher wieder so ein Abend war, an dem sie unterwegs gewesen und spät nach Hause gekommen war. Paulina reagierte unwirsch, wollte wissen, was sein Problem sei und ob er ihr nicht vertrauen würde. Sie habe nicht vor, ihn zu betrügen, ihr war ja ihre Familie auch sehr wichtig, und außerdem wären die Zwei vergeben und ihre Frauen meistens auch mit unterwegs. Jetzt war er endgültig vor den Kopf gestoßen. Wieso wollte sie dann nicht, dass er auch mitkommt, war er so zu einer Spaßbremse verkommen, oder hasste sie es, ihn in ihrer Nähe zu haben? Schämte sie sich für ihn? Viele Fragen lagen ihm auf der Zunge, eine nach der anderen stellte er ihr, doch es gab keine richtige Antwort. „Stell dich nicht so an, du siehst Gespenster, ich habe dir schon gesagt, dass du mir vertrauen kannst!"

Da sie ihm immer nur halbherzige Antworten gab, wurde er richtig zornig, er wusste, wenn er noch etwas sagte würde, würde er es später mit Sicherheit bereuen. Er räumte den Tisch ab und legte Benjamin zum Schlafen in sein Gitterbett. Danach verließ er die Wohnung, er musste raus, an die frische Luft, seine Gedanken sortieren und wieder runterkommen.

Als er nach über einer Stunde wieder die Wohnung betrat, schlief der Kleine noch. Paulina saß am Küchentisch und wartete auf ihn. Als sie ihn hörte, stand sie auf und ging auf ihn zu, umarmte ihn: „Ich hab dich doch lieb, ich würde dich nie verletzen, und ich will auch nicht, dass da irgendwas zwischen uns steht. Was hältst du denn davon, wenn wir nächstes Wochenende Benjamin zu meinen oder deinen Eltern bringen, damit er bei ihnen schläft, darüber würden sie sich bestimmt freuen, und wir wieder einmal gemeinsam ausgehen?"

Das war Balsam auf seine Seele, schon lange war es her, dass sie gemeinsam ausgehen konnten. Er willigte ein, und sofort riefen sie ihre Eltern an, um zu fragen, ob Benjamin am Wochenende bei ihnen schlafen könnte. Diese waren überglücklich, dass sie ihn eine ganze Nacht lang bei sich haben und nach allen Regeln, die Großeltern so für sich beanspruchen, verwöhnen konnten.

Die Woche verging schnell, und so machten sie sich am Samstag nach Benjamins Mittagsschlaf auf den Weg zu ihren Eltern nach St. Florian. Sie waren noch zu Kaffee und Kuchen eingeladen worden, da sie sich sowieso für ihre Eltern zu wenig Zeit nahmen, kam ihnen das sogar gelegen.

Sie verbrachten einen sehr gemütlichen Nachmittag beisammen, und die Großeltern verwöhnten ihren einzigen Enkelsohn, wo sie nur konnten. Spielten mit ihm und taten alles, was er gerade von ihnen verlangte. Bevor es dunkel wurde, verabschiedeten sie sich, was viel schwieriger als gedacht war. Als Benjamin mitbekam, dass sie ohne ihn losfahren würden, fing er an, herzzerreißend zu weinen, in diesem Augenblick konnte ihn keiner beruhigen. Nach einer Weile, Benjamin hatte sich wieder gefangen, lenkte Paulinas Mutter ihn ab, und die beiden schlüpften durch die Tür und rein ins Auto. Die ganze Fahrt nach Hause hatten sie ein schlechtes Gewissen, der Kleine tat beiden so leid, er war das erste Mal bei jemand anderem als bei ihnen.

Zu Hause angekommen, rief Roberto sofort seine Schwiegereltern an und wollte wissen, ob alles in Ordnung sei. Jetzt war Paulinas Vater am Telefon und teilte ihnen mit, dass ihr Sohn schon wieder andere Sorgen hatte, als sie noch nicht einmal richtig weg waren. Sie würden dann zu Abend essen und noch eine Runde spazieren gehen. Danach würden sie ihn schlafen legen, und falls es Probleme gäbe, würden sie anrufen und wenn nötig, würden sie ihn auch nach Hause fahren. Die beiden waren jetzt einigermaßen beruhigt, wenn auch nicht restlos, es war so ungewohnt still in der Wohnung.

Es war noch nicht allzu spät, und sie hatten noch einiges an Zeit übrig, bevor sie sich mit den Freunden von Paulina trafen, damit Roberto sie kennenlernen konnte.

Er nutzte die Zeit und ging duschen. Er schloss die Augen und ließ sich das warme Wasser über das Gesicht laufen. Das tat gut, war richtig entspannend. Er bemerkte bald, dass er nicht alleine im Badezimmer war, Paulina zog den Duschvorhang ein wenig

zur Seite und fragte ihn ganz scheinheilig, ob es ihm was ausmachen würde, wenn sie zu ihm reinkam. Damit hatte er nun wirklich nicht gerechnet und konnte vor Überraschung nicht gleich eine Antwort geben, sie nahm das einfach als eine Einladung an, und da sie sich schon ausgezogen hatte, fanden sie sich schon gemeinsam unter dem wohltuenden Wasserstrahl wieder.
Roberto wollte sich gerade die Seife nehmen, doch Paulina war schneller. „Dreh dich um", sagte sie zu ihm und begann, seinen Rücken mit kreisenden und sanften Bewegungen einzuseifen. Das war schön, wieder schloss er seine Augen und genoss ihre Behandlung. Sie fuhr mit ihren Fingern seine Oberschenkel entlang, runter und wieder rauf, bis zu seinen Pobacken, diese drückte sie leicht mit beiden Händen. Ihre Hände glitten über seine Hüften nach vorne, über seinen Bauch bis zu seiner behaarten Brust. Zärtlich streichelte sie seine Brustwarzen, die zu seiner Überraschung tatsächlich hart wurden. Ihre Reise führte sie weiter, nun hinab zu seiner Männlichkeit, die sich schon in all ihrer Pracht zeigte. Sie fing an, sein Glied zu massieren, vor und zurück, und er wiegte seine Hüften in genau diesem Rhythmus mit. War das gut, unglaublich erotisch, unglaublich sexy, unglaublich geil. Sie stellte sich leicht auf ihre Zehenspitzen und knabberte zusätzlich an seinem Ohrläppchen, dabei wurden seine Knie kurz weich. „Was machst du da?", fragte er flüsternd. „Lass mich nur, ich will ein wenig mit dir spielen", gab sie zurück und machte mit ihrem Spiel weiter. Sie nahm die zweite Hand und knetete damit ganz leicht seine Eier, in diesem Moment war er in einer anderen Welt, egal was rundherum passiert wäre, er hätte nichts mitbekommen.
„Jetzt bist du dran", er drehte sich um und küsste sie leidenschaftlich. Nun nahm er die Seife und begann, sie ebenso langsam und zärtlich wie sie zuvor ihn einzuseifen. Sie legte ihren Kopf in den Nacken und ließ ihn sein Spiel machen. Zuerst nahm er sich ihre Brüste vor, danach ihren flachen, schönen Bauch und weiter den linken Oberschenkel hinunter und den rechten ganz langsam wieder hinauf. Sie spreizte ganz leicht ihre Beine, und seine Hände drangen weiter vor, zu ihrem bereits herrlich feuchten Eingang. Mit zwei Fingern spreizte er ihre Schamlippen leicht,

und mit den Fingern der anderen Hand massierte er sie. Paulina wurde immer fordernder, presste ihm bereits ihren Schoß entgegen. Er drehte sie um und drückte ihren Oberkörper hinunter, sodass sie sich am Rand der Badewanne abstützen musste, ihren linken Fuß hob er an und stellte ihn auf den seitlichen Rand der Wanne. Sie war bereit, genommen zu werden. Roberto hätte es nicht mehr lange ausgehalten, er wollte in sie eindringen, genau in diesem Moment. Mit einem schnellen Stoß versenkte er seine harte Latte in ihr, und beide stöhnten laut, immer wieder und immer heftiger stieß er zu, bis sie ein heftiger Orgasmus durchschüttelte. Sie entzog sie sich ihm, drehte das Wasser, das noch immer lief, ab und kniete sich vor ihn hin, nahm sein Glied und begann es genüsslich zu lecken, er hielt es nicht mehr aus, und entlud seinen Samen über ihre Brüste.

„Danke", hauchte er, und ohne etwas zu sagen aber zufrieden lächelnd, drehte sie das Wasser wieder auf. „Jetzt wird es aber Zeit, dass wir uns fertig machen, wenn wir uns beeilen, haben wir noch genug Zeit, um vorher noch etwas essen zu gehen."

Paulina brauchte noch eine halbe Stunde mit ihren Vorbereitungen, in dieser Zeit räumte Roberto die Spielzeuge von Benjamin auf, die er in der ganzen Wohnung verteilt hatte. Sie waren für 21 Uhr verabredet und hatten noch genügend Zeit, um sich bei ihrem Lieblingsitaliener noch etwas zu essen zu gönnen.

Pünktlich waren sie beim vereinbarten Treffpunkt, und Paulina stellte alle vor, da waren Jürgen mit seiner Verlobten Sandra und Stefan mit seiner Frau Christiane. Sie gaben sich alle zur Begrüßung die Hand, außer Paulina, sie begrüßte beide mit einem Kuss auf die Wange, was Robertos Eifersucht weckte.

Es wurde allerdings noch ein sehr netter Abend, und Jürgen meinte einmal scherzhaft zu Paulina gewandt: „Dein Mann ist ja gar nicht so schlimm und langweilig, wie du immer sagst, eigentlich ist er ganz in Ordnung."

Auf dem Weg nach Hause fragte ihn Paulina, ob er immer noch so skeptisch sei, er gab ihr zur Antwort, dass er alle vier ganz sympathisch fand. „Siehst du, du hast dir ganz unnötig Sorgen gemacht, ich habe dir ja ein Versprechen gegeben."

Von da an unternahmen sie öfter gemeinsam etwas, nicht nur an Samstagabenden, sondern auch ab und zu mal an freien Tagen oder Sonntagen. Und immer war es schön, gemeinsam Zeit zu verbringen. Und wieder war er sich sicher, eine schwierige Situation gemeistert zu haben, dass sie wieder enger zusammengerückt waren.

28. Februar 2019

Und jetzt. Er war allein. Sicher, diese Freunde waren es nicht, die ihm das angetan hatten, das war klar, aber sie waren immer irgendwie Paulinas Freunde geblieben, als ob man sich für eine Seite entscheiden müsste.

Roberto hatte nicht viele Freunde, mit denen er über seine Gefühle reden konnte, denen er sein Herz ausschütten konnte, außer seiner Familie und diese konnten ihm eigentlich auch nicht helfen. Klar, sie konnten zuhören, wenn es notwendig war und was dann?

Er fiel weiter in das tiefe schwarze Loch.

6. März 2019

#planlos

Er geht jetzt regelmäßig ins Fitnessstudio oder wenn das Wetter passt, betreibt er Sport im Freien. Es hilft zumindest mehr als drei Stunden Schlaf zu bekommen. Er versuchte, sich auszupowern, er wusste, dass er nur so ausreichend Ruhe und Schlaf finden konnte. Zugegeben, körperlich hatte es seine Vorteile, zumindest fühlte er sich fitter.

Bei jeder Runde, die er drehte oder wenn er auf dem Laufband stand, gingen ihm, wie sollte es anders sein, tausend Gedanken durch den Kopf. Fieberhaft suchte er nach Antworten, hatte keinen Plan, wie es für ihn weitergehen soll.

An erster Stelle standen jetzt die Kinder, die würde er weiter unterstützen müssen, denn auch für sie war diese Zeit schwierig. Er war glücklich, wenn er Zeit mit ihnen verbringen konnte, das waren Momente, in denen er sich dann kurze Zeit nicht so alleine fühlte, leider waren diese viel zu schnell vorbei.

Er hat nie etwas Schlechtes über Paulina gesagt, weder gegenüber den Kindern noch gegenüber Freunden, der Familie oder Bekannten, und doch fehlte ihm das Verständnis für ihre Entscheidung, für die Art und Weise, wie sie mit ihm umgegangen war.

Klar lebten sie bescheiden, aber sie nagten nie am Hungertuch, es gab nie Gewalt in der Familie, sie versuchten, sich das zu gönnen, was sie sich wünschten und taten das die meiste Zeit auch. Es gab Zeiten, da hatte sie aus ihm gelesen wie aus einem offenen Buch, hatte ihn unterstützt und auch gesagt, dass er eine Pause machen soll. Wie vor dem ersten schönen Urlaub am Meer, als die Welt noch in Ordnung war.

Was war nur aus ihnen geworden?

August 2008

Roberto war mit Arbeit eingedeckt, nach schweren Unwettern Mitte Juli waren viele Schadensfälle aufzuarbeiten. Wasserschäden, Sturm- und Hagelschäden, alles Erdenkliche war dabei. Es war zwar Urlaubszeit, und in der Stadt war es fast unerträglich heiß, da aber viele seiner Kunden ihre Schäden reparieren wollten, war es für ihn wichtig, da zu sein, wenn jemand seine Hilfe brauchte. Da das in diesen Tagen außergewöhnlich oft der Fall war, saß er meist bis neun Uhr abends im Büro, um die Fälle abzuarbeiten. Seine Beziehung zu Paulina litt natürlich darunter, und Benjamin sah er ganz selten, schlief der doch meist schon, wenn er nach Hause kam, auch seine Laune verschlechterte sich von Tag zu Tag. Paulina bekam das jedoch mit und hatte sich vorgenommen, etwas dagegen zu tun, sie wusste, dass sie ihn drängen musste, sich ein paar Tage frei zu nehmen. Und am wichtigsten war, dass sie diese nicht daheim verbringen, sondern irgendwohin fahren würden, um Urlaub zu machen.

Als er wieder mal spät am Abend zu Hause ankam, machte sie ihm den Vorschlag, ein paar Tage ans Meer zu fahren. Er wollte eigentlich nicht, da er ja mehr als genug zu tun hatte, aber sie redete lange auf ihn ein, hatte sich viele Argumente zurechtgelegt: dass sie noch nie am Meer waren, dass es auch für Benjamin sicher toll wäre und sie sich schon lange einen Urlaub verdient hätten. Bis er schließlich nachgab.

Damit hatte sie gerechnet und auch schon einen passenden Familienurlaub gefunden. Fünf Tage, vier Nächte wurden angeboten, mit Zugang zum Meer und auch mit Kinderanimation. Kroatien wäre das Ziel, und er musste zugeben, dass er schon immer mal dort hin wollte. Es kam ihm zwar etwas zu lange vor, aber da es preislich ein interessantes Angebot war, buchten sie kurzerhand. Sie besorgten sich noch alles, was man für eine Auslandsreise braucht, informierten sich über Krankheiten und organisierten sich Medikamente, die sie für notwendig hielten.

Drei Tage später fuhren sie schon früh, sofort nachdem Benjamin wach war, los, sie hatten ungefähr sechs Stunden Fahrt vor sich.

Zweimal mussten sie Pause machen, um die Windeln zu wechseln, da wäre es unmöglich gewesen, weiterzufahren. Sie nutzten die Pausen auch, um sich die Füße zu vertreten, hatten sowieso genug Zeit eingeplant. Gott sei Dank war es ein Montag, und so hielt sich der Urlaubsverkehr in Grenzen. Ohne Probleme durchquerten sie Österreich, Slowenien und schließlich auch einen Teil von Kroatien und kamen so vor der geplanten Zeit an ihrem Ziel, einem Bungalow in Pula, an.

Es waren noch immer über 30 Grad Celsius im Schatten, und die Wetterprognose für die nächsten Tage war wirklich gut. Roberto freute sich jetzt doch, endlich ein paar Tage Abstand zu seiner Arbeit zu haben, gegenüber Paulina wollte er das aber damals nicht zugeben.

Sie bezogen ihr Quartier, richteten sich alles so ein, wie sie es wollten und wie es praktisch war. Noch am selben Abend gingen sie zum Meer. Benjamin jubelte vor Freude, als er mit seinen nackten kleinen Füßen ein paar Meter in das glasklare blaue Wasser trippelte, immer die Hand seiner Mutter haltend. Mit der anderen Hand versuchte er, die Steine aus dem Meer zu fischen, dabei schluckte er ein wenig Wasser, und sofort verzog er das Gesicht und streckte die Zunge raus. „Bäh", war zu hören, und er versuchte den salzigen Geschmack mit den Fingern fortzuwischen. Roberto und Paulina sahen sich beide an, mussten lachen, und Roberto nahm ihn auf den Arm und ging noch ein wenig weiter mit ihm ins Meer hinaus. Der kleine Mann fühlte sich in den Armen seines Vaters sicher und quatschte die ganze Zeit, wenn man es quatschen nennen konnte, denn richtig konnte er noch nicht sprechen. „Fisss, nass", und ein paar weitere Wörter, die man verstehen konnte, gehörten aber schon zu seinem Wortschatz.

Da sie von der langen Fahrt doch alle ziemlich geschafft waren, gingen sie wieder zum Bungalow und legten sich früh schlafen. Es dauerte nicht sehr lange, da waren alle drei eingeschlafen.

Dafür waren sie am nächsten Tag bereits sehr früh wach. Frühstück war im Angebot inkludiert, und so suchten sie gleich nachdem alles nötige für den Tag vorbereitet war den Frühstücksraum auf. Was das Herz begehrt, war am Buffet zu sehen, und bei Roberto zeigte sich jetzt erst, wie hungrig er war. Lange hatte es ihm nicht mehr so gut geschmeckt, bei Paulina war das kaum anders, auch sie ließ es sich schmecken, kostete mal hier und mal da, und Benjamin entdeckte an diesem Tag das berühmte Rührei für sich.

Sie verbrachten den Vormittag, bis ihr Sohn schlafen musste, am Strand und gingen immer wieder ins Wasser etwas planschen. Mittags musste er schlafen, in der Sonne war es jetzt sowieso viel zu heiß, diese Zeit verbrachten sie in ihrem Quartier, und Nachmittags gingen sie gemeinsam in den Bereich, der speziell für Kinder eingerichtet war. Hier gab es Schaukeln, Rutschen und Sandspielplätze, in denen sie mit ihrem Sohn alles bauten, was ihnen einfiel, Burgen, Schlösser und Schildkröten, es machte allen richtig viel Spaß. Jedes Kunstwerk, das fertig war, wurde als Erinnerung fotografiert und von Benjamin sofort wieder zerstört, das war anscheinend das Beste für ihn daran.

Roberto freute sich immer am meisten auf das abendliche Essen. Sie besuchten jeden Tag ein anderes Lokal. Diese Tageszeit liebte er am meisten, dabei konnten sie über alles reden, was sie wollten, über die Vergangenheit, über die Zukunft, über das Wetter oder einfach nur über die anderen Urlauber lästern.

Am Tag bevor der Urlaub zu Ende ging, mieteten sie sich zuerst einen Wagen und erkundeten die Umgebung. In der Nähe gab es einen Leuchtturm, den sie sich ansahen, und ein Künstlerdorf gab es auch, also fuhren sie dorthin. Ein Maler mit langen, verfilzten Haaren und Sandalen an den Füßen bot ihnen an sie zu malen, so ein Familienbild hatten sie noch nicht, also sagten sie zu. Benjamin konnte natürlich nicht so lange still sitzen, was dazu führte, dass er doppelt so lange wie normal brauchte, um das Bild fertigzustellen. Da er trotzdem nicht mehr Geld verlangte, gaben sie ihm ein sattes Trinkgeld, rollten das Gemälde zusammen und verstauten es gut in ihrem Auto. Es würde zu Hause einen Ehrenplatz bekommen. Nach dem Abendessen fuhren sie noch mit einem Tandemrad in der Stadt umher, was Benjamin außerordentlich gut gefiel, das hat ihm viel Spaß gemacht.

Irgendwie war der Urlaub dann doch zu schnell vorbei. Paulina fragte ihren Mann, wie es im gehe, und wahrheitsgemäß antwortete er, dass es ihm schon lange nicht mehr so gut gegangen sei und der Urlaub richtig schön war, er war ein wenig traurig, dass sie am nächsten Tag bereits wieder nach Hause fahren mussten.

„Ich muss mich bei dir bedanken", meinte er, „ich habe mich zu sehr in meine Arbeit gestürzt, habe nicht gesehen, dass eine Pause notwendig war, für uns alle." Paulina versicherte ihm, dass es auch für sie einer der schönsten Urlaube war, die sie je gemacht habe und dass auch ihre Batterien wieder aufgeladen seien.

Das war ein Tag, an dem es ihnen richtig gut ging!

6. März 2019

Und heute? Sie war nicht mehr da. Wer passte jetzt auf ihn auf, wenn es ihm nicht gut ging, wer sagte ihm, dass er kürzer treten soll oder dass er auf dem falschen Weg ist, sich in etwas verrennt?

Paulina nicht mehr, sie hat damit schon vor Jahren aufgehört. „Warum nur?", fragte er sich immer wieder, „was habe ich falsch gemacht?" Sie hätte es ihm ja jederzeit sagen können, er hätte versucht, sich zu ändern, in die Richtung zu gehen, die für sie gemeinsam die Beste gewesen wäre. Es war zu spät.

Tiefer und tiefer fiel er, keine Hoffnung und kein Licht in Sicht!

18. März 2019

#tausendTode

Die Bedeutung der Aussage „man stirbt tausend Tode" wurde ihm erst jetzt richtig bewusst. Gefühlt waren es schon weit mehr als tausend. Die Tage, an denen es ihm schlecht ging, wollten einfach nicht weniger werden. Am schlimmsten war es, wenn keines seiner beiden Kinder die Nacht zu Hause verbrachte, weil sie entweder bei Paulina oder bei irgendwelchen Freunden schliefen. Er konnte ihnen das nicht verbieten, das wollte er ja auch gar nicht. Es war ihm wichtig, dass die Kinder guten Kontakt mit ihrer Mutter hatten, und doch nagte es an ihm. Er war sich so sicher gewesen, zu sicher, dass auch für sie die Familie an erster Stelle stand. So kann man sich täuschen, so wurde man enttäuscht. Ihm blieb die Erinnerung, das konnte ihm kein Mensch dieser Welt nehmen. Es war das einzige, an das er sich klammern konnte. Was war nur aus ihnen geworden?

10. November 2008 – 9. Juni 2009

Es muss ein Montag gewesen sein, dessen war er sich sicher, die Erinnerung täuschte ihn nicht. Es war einer dieser verregneten Novembertage, herbstlich und kühl zeigte sich das Wetter. Paulina ging es nicht gut, sie schien krank zu werden, ständig war ihr übel, und egal was sie tat, nach kurzer Zeit war sie ausgelaugt und musste eine Pause einlegen. Schon seit Tagen war es so, also nahm er sich frei, um ihr die Arbeit mit Benjamin abzunehmen, der mit seinen fast zwei Jahren viel Aufmerksamkeit brauchte und dabei war, die ganze Welt um ihn zu erkunden.

Er zog den Jungen warm an, und sie machten sich auf den Weg, um im nächsten Einkaufscenter shoppen zu gehen. Die Zeit sollte Pauline nutzen, um sich auszuschlafen, vielleicht bekam sie wieder etwas Energie zurück. Gegen Mittag waren sie zurück, sie hatten eine Pizza beim Italiener um die Ecke besorgt, und alle drei saßen am Küchentisch. Sie aß nur ganz kleine Bissen, bekam einfach nichts runter, und das was sie gegessen hatte, konnte sie nicht bei sich behalten.

Roberto konnte das nicht mehr mit ansehen, jetzt war es an der Zeit, dass er reagierte, ihr zur Seite stand und Hilfe organisierte. Er rief seine Mutter an, die an Montagen immer frei hatte und zu Hause war, ob sie sich um Benjamin kümmern konnte, er wollte mit seiner Frau zum Arzt fahren. Es wurde immer schlimmer, und seine Sorgen wurden immer größer. Seine Mutter war nach einer halben Stunde da, er ließ sie in die Wohnung, erklärte ihr kurz, was sie wissen musste, wann der Kleine schlafen sollte, wo sie was finden würde. Dann half er Paulina sich anzuziehen, leichenblass war sie und wollte eigentlich nicht ins Freie, Roberto allerdings ließ das nicht zu. „Es muss sein", erklärte er ihr geduldig, „man sieht ja, wie schlecht es dir geht, tu es für mich und für Benjamin, wir wollen dich wieder gesund sehen." Endlich willigte sie ein, fünf Minuten später parkte er aus, und sie waren auf dem Weg zu ihrem Hausarzt.

Um diese Jahreszeit waren leider viele Menschen krank, und es herrschte reger Betrieb in der Arztpraxis. Roberto hatte damit gerechnet und sie telefonisch angekündigt, er hatte sogar einen Termin bekommen. Schnell erledigte er die Anmeldeformalitäten, und schon wurden sie in eines der drei Behandlungszimmer geführt. Nach zehn Minuten Wartezeit kam der Arzt zur Tür herein und begrüßte sie freundlich. Als er jedoch Paulina ansah, legten sich leichte Sorgenfalten auf seine Stirn, es war unübersehbar, dass es ihr nicht gut ging.

Er untersuchte sie eine halbe Stunde lang, maß den Blutdruck, das Fieber, sogar eine Urinprobe musste sie abgeben. Was er auswerten konnte, wertete er vor Ort aus, doch leider konnte er nichts finden. Kein Fieber, keine Entzündung, einfach nichts. Da er sich auch keinen Reim darauf machen konnte, nahm er ihr noch Blut ab. Da er dies jedoch im Labor untersuchen lassen musste, konnte er an diesem Tag nichts mehr für sie tun. Er bestellte sie für den übernächsten Tag wieder zu sich in die Arztpraxis, dazwischen sollte sie sich, so gut es eben ging, ausruhen. Und versuchen, etwas zu essen. Zwieback und Cola könnten nicht schaden. So fuhren sie nach Hause, und Roberto nahm sich den Rest der Woche frei, sagte alle Termine, bei denen es möglich war ab, den Rest übernahm ein Kollege von ihm.

Am übernächsten Tag fuhren sie schon zeitig am Morgen zum Arzt, sie waren etwas zu früh dran, er war noch gar nicht da, erneut nahmen sie im Wartezimmer Platz. Es dauerte allerdings auch an dem Tag nicht sehr lange.

Als sie wieder in der Ordination waren, wurden sie gebeten, sich hinzusetzen. Der Doktor kam gleich zur Sache, er habe eigentlich eine gute Neuigkeit, fing er an. Paulina sei nicht krank, allerdings würde ihr die Übelkeit sicher noch ein paar Tage, womöglich sogar Wochen erhalten bleiben, dagegen könne man in diesem Fall nicht viel tun.

Sie verstanden nicht, was er damit meinte. Man sah doch immer noch, wie blass sie war, wie viel Kraft sie brauchte, um überhaupt hier zu sein. Wie so etwas möglich sei, fragte Roberto, was das heißen würde.

„Ihre Frau ist schwanger", antwortete der Arzt, „zwar noch ziemlich am Anfang aber ich habe keine Zweifel." „Ich würde ihnen einen Besuch bei ihrem Frauenarzt empfehlen", fuhr er zu Paulina gewandt fort, „Übelkeit in der Schwangerschaft ist nicht selten, meistens am Beginn, aber ich bin kein Gynäkologe, der kann sie da am besten beraten und ihnen sagen, was sie tun können."

Roberto begriff erst auf dem Weg zu ihrem Auto wirklich, dass er erneut Vater werden würde. Und sofort hatte er wieder dieses Glücksgefühl. Dankbar war er dafür, dass ihm das passieren durfte. Seine Frau konnte sich aber nicht freuen, sie wollte es zwar, aber sie hatte so mit der Übelkeit zu kämpfen, dass es ihr nicht möglich war. Er nahm im Auto sein Smartphone, suchte die Nummer ihres Frauenarztes im Internet und rief sofort an, um einen Termin zu machen.

Erneut hatten sie Glück, am Nachmittag hatte eine Patientin abgesagt, wenn sie wollten, konnten sie den Termin haben. Ohne lange nachzudenken, sagte er sofort zu. Bis dahin waren es jetzt noch über drei Stunden, also fuhren sie wieder nach Hause, damit sie sich ein wenig hinlegen konnte. Benjamin war heute bei ihrer Schwester, also würde sie Ruhe haben.

Pünktlich zum vorgegebenen Termin betraten sie die zweite Arztpraxis an diesem Tag, dieses Mal die ihres Gynäkologen, und nun wussten sie schon, was los war. Paulina legte sich auf den Behandlungsstuhl, und das Ultraschallgerät wurde eingeschaltet. Roberto konnte auf dem Schwarzweiß-Monitor nicht viel erkennen, doch der Arzt betätigte da ein Rad und dort eine Taste, und schon sah man eine grüne Linie. Er sagte, dass sie eindeutig schwanger war und dass er den Fötus gerade messe, um festzustellen, in welcher Woche sie bereits war. Ziemlich schnell teilte er ihnen mit, dass es sich in etwa um die zehnte Schwangerschaftswoche handeln muss und dass es nicht unüblich sei, dass man das erst so spät bemerke. „Schwangerschaftsübelkeit ist keine Seltenheit, und in der achten bis zwölften Woche am intensivsten, danach lässt sie wieder nach, und spätestens in vier bis fünf Wochen soll sie wieder vorbei sein. Es gibt auch ein paar Hausmittel, mit denen Sie sich abhelfen könne, am Morgen einen Zwieback essen, Pfefferminztee hilft auch oder an einer Zitrone riechen hat auch schon geholfen."

Dem Kind gehe es aber sehr gut und es sei gut entwickelt. Sie hatten noch einige Fragen, die der Gynäkologe geduldig beantwortete. Dankend verabschiedeten sie sich und fuhren zu Paulinas Schwester, um Benjamin abzuholen.

Paulina schien es jetzt doch etwas besser zu gehen, obwohl sie immer noch ziemlich blass war, sie hatte etwas von ihrer Energie zurückgewonnen. Kaum betraten sie die Wohnung ihrer Schwester, fiel diese Paulina um den Hals und gratulierte ihr. „Wozu?", fragte Paulina und bekam prompt zur Antwort: „Ich wette du bist schwanger, das sehe ich in deinen Augen." Roberto wusste, dass sich die zwei Schwestern sehr nahe standen, aber so nahe, dass die eine in der anderen lesen kann, wie in einem offenen Buch, das hat sogar ihn überrascht.

Es dauerte dann nicht einmal mehr zwei Wochen und die Übelkeit verging wieder. Die Schwangerschaft verlief von da an komplikationslos. Wie schon beim ersten Kind war Roberto bei jeder Untersuchung an Paulinas Seite, freute sich über das heranwachsende Baby in ihrem Bauch. Anders als in der ersten Schwangerschaft wollte Paulina auch mehr Sex, was ihm nur recht war, ist ja schließlich die schönste Nebensache der Welt.

Die Geburt selbst verlief schnell und ohne Probleme, sie waren wieder im selben Krankenhaus, in dem auch Benjamin das Licht der Welt erblickt hatte.

Am 9. Juni 2009 war es so weit, ihre Tochter Emma kam zur Welt. „Wunderschön", dachte Roberto wieder, als er sie im Arm hielt und willkommen hieß. Sie war an einem wunderschönen, fast schon heißen Montagnachmittag zur Welt gekommen.

18. März 2019

Emma gab ihm im Moment die meiste Kraft, kuschelte wo es ging mit ihm und umarmte ihn vor dem Zubettgehen, gab ihm einen Gute-Nacht-Kuss. Immer standen ihm dabei Tränen in den Augen, und er entschuldigte sich im Inneren bei seinen Kindern für das, was ihnen angetan wurde.

Und er viel weiter in dieses verflixte schwarze Loch.

19. März 2019

#esziehtihnrunter

Heute gab es kaum eine Minute, in der er nicht an Paulina dachte, in der er sich nicht sein altes Leben zurückgewünscht hätte, wohlwissend, dass das gar nicht mehr möglich sein würde, es würde nie wieder so werden wie früher, er hat schon so viel versucht, um alles wieder in den Griff zu bekommen. Aber am schlimmsten wurde es, wenn er Alkohol konsumierte, dieser half zwar kurzzeitig, alles leichter erscheinen zu lassen, aber das hielt nicht lange an, und in einem berauschtem Zustand war es gefährlich, Dinge zu sagen oder zu tun, die man nie mehr zurücknehmen kann. Ja, Alkohol ist eine Droge, zu viel davon macht einen richtig krank.

Welche Ironie, immer hatten sie mit Krankheiten zu tun, die begleiteten sie ihr ganzes Leben. Paulinas Depressionen oder als sein Vater schwer erkrankte, immer waren es schwere Zeiten und doch hatten sie es geschafft.

Was ist nur aus ihnen geworden?

Herbst 2009

Wie gut es einem geht, wenn man gesund ist, weiß wirklich nur der, der wirklich einmal krank war, pflegte Robertos Vater immer zu sagen, und er hatte das tatsächlich selbst mitgemacht.

Es war im September oder Oktober 2009, es begann mit einer Gelbsucht, die sich ohne weitere Symptome zeigte und dadurch auch ganz normal ärztlich behandelt wurde. Nach zwei Wochen hatte der Vater diese Krankheit aber erneut, dieses Mal aber schmerzten ihm auch ständig seine Gelenke, und seine Muskeln taten ihm weh. Der behandelnde Arzt war ein sehr guter Freund von ihm, und für ihn waren die Symptome Grund genug, um ihn zu einem kompletten Check ins Krankenhaus zu schicken.

Die Untersuchungen nahmen einen ganzen Vormittag in Anspruch, alle Tests, die man sich nur vorstellen kann, wurden gemacht. Was damals am meisten auf das Gemüt seines Vaters drückte, war das Warten bis er den Befund bekam.

An einem Morgen klingelte dann Robertos Telefon gleich nach dem Frühstück, seine Mutter war am anderen Ende der Leitung, sie bat ihn mit tränenerstickter Stimme, zu ihnen zu kommen und dass es dringend war. Sofort war ihm klar, dass etwas nicht stimmte und er machte sich auf den Weg, Paulina und die Kinder begleiteten ihn, sie wollte für Roberto da sein, ihm zur Seite stehen und auch ihren Schwiegervater unterstützen, wenn und wo es nötig war.

Wie immer dauerte die Fahrt 20 Minuten, sie nahmen im Wohnzimmer seiner Eltern Platz, wo an den Wänden Fotos der Familie hingen, von Roberto als kleinem Jungen und jetzt auch von Robertos Familie, ein Hochzeitsfoto von ihm und Fotos seiner Kinder.

Ohne lange Vorrede kam sein Vater gleich zum Thema: „Ich habe Hepatitis B", sagte er emotionslos, bei diesen Worten fing seine Mutter sofort an zu weinen. Der Vater erklärte ihnen, was das für ihn bedeutete, dass es eine Infektionskrankheit ist und sie die Leber schädigen könne, wie es derzeit aussah, wahrscheinlich sogar werde. Wann es soweit war, konnte niemand sagen. Er musste jetzt Medikamente nehmen und einmal pro Woche ins Krankenhaus zur Untersuchung, das Schlimmste war für ihn aber, dass er Roberto sagen musste, dass auch er die Krankheit haben könnte, dass er sich unbedingt so schnell wie möglich untersuchen lassen müsse und er hoffe, dass bei ihm alles gut sei.

Roberto machte gleich nachdem sie zu Hause waren einen Termin beim Arzt, der auch seinen Vater behandelte. Die Untersuchung selbst war schnell vorüber, auf den Befund musste er auch ein paar Tage warten. Die Erleichterung war groß, als er erfuhr, dass er die Krankheit nicht hat.

Die Schädigung der Leber ging schneller als gedacht, und sein Vater war nur noch ein Schatten seiner selbst. Er verlor Woche für Woche an Gewicht und blieb nur noch zu Hause sitzen. Die Krankheit nagte an ihm. Und dann kam die nächste Hiobsbotschaft, er brauchte eine Spenderleber, besser heute als morgen, ansonsten würde er keine Überlebenschance haben. Jeder, der sich einmal mit Transplantationen auseinandergesetzt hat, weiß, dass das alles andere als einfach ist. Da muss alles passen, die Blutgruppe, das Alter des Spenders und vieles mehr. Ändern konnten sie es nicht, sie konnten nur beten und hoffen, dass alles wieder gut werden wird. „Die Hoffnung stirbt bekanntlich zuletzt", dachte Roberto und diese Worte halfen ihm damals wirklich.

Viele Wochen sollten noch vergehen, das Immunsystem seines Vaters wurde immer schlechter, bis es schließlich kaum noch funktionierte. Wenn jemand in irgendeiner Form krank war und sei es nur ein Husten, durfte sich derjenige nicht mehr in seiner Nähe aufhalten. Seine Mutter putzte ihre Wohnung täglich, um alle Keime und Krankheitserreger in Schach zu halten.

Es wurden alle Vorbereitungen getroffen, um im Falle eines Anrufes, dass er an der Reihe war eine Leber zu bekommen, auf dem schnellsten möglichen Weg ins Allgemeine Krankenhaus nach Wien zu kommen. Es war das einzige Krankenhaus, das diese Operation durchführen konnte, sie hatten mittlerweile seine ganze Krankheitsgeschichte, den Verlauf der Krankheit, alles war ihnen bereits geschickt worden. Transportiert werden sollte er mit einem Krankenwagen, auch die Dienststelle, die für diese Gegend zuständig war, war bereits informiert worden.

Es blieb ihnen nichts anderes übrig als abzuwarten, obwohl das an ihren Nerven zerrte. Die Krankheit hinterließ nicht nur körperliche Spuren, immer wieder gab es Begleiterkrankungen. Einige Male war es so, dass sie schon mit dem Schlimmsten rechneten. Seine Mutter hatte ihn dann immer angerufen und gesagt, dass etwas nicht stimmte, egal ob Tag oder Nacht. Und wenn das der Fall war, endete es damit, dass sein Vater mindestens zwei Tage unter ständiger Beobachtung auf der Intensivstation behandelt werden musste, weil er sich wieder irgendetwas eingefangen hatte. Aber er war ein Kämpfer, schaffte es immer wieder zurück.

An einem Freitag, kurz vor sechs Uhr morgens läutete sein Telefon, er sah auf dem Display, dass seine Mutter dran war und rechnete wieder damit, dass sie seine Hilfe benötigen würde, irgendwas nicht stimmen würde. Sie war ganz aufgeregt und erzählte ihm sofort, dass sein Vater vor zwei Stunden abgeholt worden sei, er bekomme eine Spenderleber. Sobald es was Neues gebe, wolle das Krankenhaus sich bei ihr melden. Alleine wollte sie aber nicht warten und bat ihn, ihr Gesellschaft zu leisten. Da gab es keine Frage, für Roberto war es klar, dass er dieser Bitte nachkommt. Da Paulina und die Kinder noch schliefen und er sie nicht wecken wollte, schrieb er eine Nachricht und klebte diese auf die Wohnungstür und machte sich auf den Weg.

Bis zum frühen Nachmittag mussten sie warten, dann endlich rief jemand an. Zitternd nahm seine Mutter ab, man wusste ja nie, was auf einen zukam, und es handelte sich ja um eine große Operation, und so waren sie auf wirklich alles vorbereitet. Die Angst war jedoch umsonst, es verlief alles nach Plan und sein Vater war bereits im Aufwachraum, nach und nach wurden die Maschinen abgeschlossen, er atmete sogar schon selbständig. Ob er die Leber annehmen würde oder sein Körper sie abstieß, könne noch nicht gesagt werden, da hieß es wieder warten, wichtig war im Grunde jetzt, dass die Operation vorüber war und er sie, wie es zum jetzigen Zeitpunkt ausschaute, sehr gut überstanden hatte.

Nachdem sie aufgelegt hatte, fiel sie ihrem Sohn weinend um den Hals, das war die Nachricht, um die sie gebetet hatte. Roberto meldete sich umgehend bei Paulina und erzählte ihr die gute Nachricht, man hörte an ihrer Stimme, wie sehr sie sich freute.

Bereits am nächsten Tag machten sie sich auf den Weg nach Wien, sie nahmen die Kinder mit, sein Vater würde sich sicher freuen. Mittlerweile war er aufgewacht und hatte schon mit Robertos Mutter telefoniert. Ziemlich müde hatte er sich angehört, aber wen wunderte das. Er freute sich darauf, dass jemand zu Besuch kam.

Es gab noch viele kleinere und größere Operationen, die Heilung verlief einmal besser und einmal schlechter, und immer waren sie jeder für jeden da, Paulina für ihn, er für seine Eltern, seine Eltern für ihn und Paulina, sie hielten zusammen. „So soll Familie sein", dachte er und war dankbar, dass er es in seinem Leben gut getroffen hatte.

19. März 2019

War es so? Hatte er es gut getroffen? Damals war er überzeugt, nichts hätte ihn etwas anderes denken lassen. Das Vertrauen in seine Familie war riesig, und er hoffte, dass das auch umgekehrt so war. Blut ist dicker als Wasser, und Familie steht immer über allem. Dachte er. Wie es aussieht, hatte er sich bei gewissen Menschen getäuscht, eine einzige große Enttäuschung.

Und er fiel weiter, unaufhaltsam, in sein schwarzes Loch.

21. März 2019

#überallnurPaare

Er versuchte nach wie vor und mit immer verzweifelter, alles in den Griff zu bekommen. Vielleicht half es etwas, wenn er Orte aufsuchte,n an denen sie gemeinsam eine schöne Zeit verbracht hatten? Einen Versuch war es wert, stellte sich aber als schwieriger heraus als gedacht. Wo er auch hinsah, sah er glückliche oder verliebte Pärchen. Als Paulina schwanger war oder die Kinder klein waren, ist es auch so gewesen, da sah man überall schwangere Frauen, überall Mütter und Väter mit ihren Kindern an der Hand.

Veränderungen stellen normalerweise jeden vor eine Herausforderung, wie es aussieht Roberto ganz besonders, das war aber schon immer so, und doch schaffte er es immer wieder, einen neuen Schritt zu gehen.

Was war nur aus ihnen geworden?

September 2011

Der erste große Tag im Leben von Benjamin. Sie hatten sich für einen öffentlichen Kindergarten ganz in der Nähe entschieden, den sie zu Fuß in ein paar Minuten erreichen konnten. Und wenn das Wetter nicht mitspielte, konnten sie mit dem Bus fahren, es gab dort eine eigene Haltestelle, und zu ihrem Glück waren die Bewertungen richtig gut gewesen, es war gar nicht so einfach, einen guten Kindergarten in der Stadt zu finden. An dem Tag, an dem sie sich ihn gemeinsam angesehen hatten und Benjamin alles, was es an Spielzeug gab, ausprobierte, hatten sie sofort einen positiven Eindruck gewonnen, von allem was dazugehörte: Ausstattung, Sicherheit, dass kein Kind davonlaufen konnte und nicht zuletzt von den Kindergärtnerinnen. So war ihnen die Entscheidung nicht schwer gefallen, und noch vor Ort hatten sie ihren Sohn angemeldet.

Und heute war der große Tag, voller Vorfreude war Benjamin schon vor sechs Uhr früh munter und weckte seine Eltern auf. Sie hätten ohne weiteres noch eine halbe Stunde Zeit zum Schlafen gehabt und diese auch gebraucht, doch er ließ ihnen keine Wahl. Noch müde standen sie auf und bereiteten zusammen das Frühstück zu, ist schließlich die wichtigste Mahlzeit am Tag, und wenn sie sich dazu einmal Zeit nahmen auch die schönste. Doch heute konnten sie es nicht genießen, zu aufgedreht war ihr Sohn. Er hüpfte unaufhörlich durch die ganze Wohnung und steckte mit seiner guten Laune sogar seine kleine Schwester an, die er auch längst aus dem Schlaf gerissen hatte. Er holte sein Kindergartentäschchen, das, wie bei den meisten Kindern in diesem Alter, der Osterhase bei Oma versteckt hatte. Er liebte dieses blaue Täschchen, auf dem Lightning McQueen aus dem Animationsfilm Cars zu sehen war. Das war nicht nur sein Lieblingsfilm, sondern er hatte auch ein Hörspiel davon, dieses lief mindestens einmal am Tag und jeder, ausgenommen natürlich Emma, konnte die ganze CD auswendig mitsprechen. Es war aber immer zu süß, wenn er daneben mit seinen Bausteinen oder mit seinem Lego spielte, alles Erdenkliche baute er mit dem Spielzeug.

Paulina machte ihm sein erstes Brotpaket in seinem noch jungen Leben. Schwarzbrot mit Streichwurst, nichts besonderes, derzeit allerdings sein absolutes Lieblingsessen. Zu allen Tagesmahlzeiten würde er es essen, wenn man ihn nur ließe. Voller Stolz packte er es ein und war ruck zuck bei der Garderobe, um sich fertig anzuziehen. Er tat sich noch etwas schwer damit, sich die Jacke alleine anzuziehen, beim Reißverschluss musste man ihm noch helfen, und auch das Schuhe Anziehen verlief nicht immer nach Wunsch, da durften Mama und Papa dann helfen. An diesem Tag war es anders, er schaffte alles von ganz alleine, es sah zwar nicht am ordentlichsten aus, aber er hatte es immerhin selbst geschafft, worauf er unglaublich stolz war. Paulina zog zuerst Emma an und machte sich dann selbst fertig, während Roberto die Tasche mit den wichtigsten Dingen, wie kleine Gummistiefel, eine Regenjacke,

Kleidung zum Turnen und Ersatzunterwäsche holte, die sie schon am Vortag vorbereitet hatten und die im Kindergarten bleiben würde. Danach zog auch er sich an und nahm seinen Sohn an der Hand, Paulina schob mit der einen Hand den Kinderwagen mit Emma und mit der anderen nahm sie ebenfalls ihren Sohn an der Hand. Eine kleine aber richtig glückliche Familie machte sich auf den Weg zu ihrem Ziel. Ein neuer Lebensabschnitt für alle.

Wie nicht anders zu erwarten, waren sie die ersten, die da waren, gleichzeitig mit einem Mädchen aus der Nachbarschaft, mit dem Benjamin schon ab und zu auf dem Spielplatz gespielt hatte. Nun verließ den Kleinen doch der Mut, und er war sich nicht mehr ganz so sicher, ob er bleiben möchte. Er versteckte sich hinter seinem Vater und blickte immer nur ganz vorsichtig in den Gruppenraum, in dem er seine Kindergartenzeit verbringen würde und in dem seine Kindergartentante geduldig auf ihn wartete. Doch nach fünf Minuten hatte er sich entschieden zu bleiben, er durfte sich auf der Garderobe ein Symbol aussuchen, das seinen Platz kennzeichnen würde, wo er jeden Tag seine Jacke hinhängen sollte. Wie nicht anders zu erwarten wurde das Auto auserkoren. Die Jacke und die Schuhe wurden ausgezogen und die kleinen Hausschuhe angezogen. Dann ging er zu seiner Mutter und flüsterte ihr ins Ohr, dass sie jetzt gehen können, er bleibe von jetzt an alleine hier. Das war ein Moment, der Roberto dann doch etwas im Herzen weh tat. „Er bleibt alleine", da war plötzlich etwas Wehmut in ihm zu spüren und auch Sorge, ob alles gut gehen würde. Ein total neues Gefühl war das, ohne Benjamin den Kindergarten zu verlassen. Sie wussten nicht so recht, was sie mit dem Vormittag noch anfangen sollten. Emma war es egal, wohin es ging, die war noch zu klein, die war zufrieden, wenn man sie in ihre Gehschule setzte oder sich jemand mit ihr beschäftigte. Roberto hatte sich den ganzen Tag frei gehalten, solche Tage waren für ihn einschneidende Erlebnisse und ihm ungemein wichtig, er wollte teilnehmen am Leben seiner Familie.

Als sie an einem Kaffeehaus vorbeigingen und sahen, dass einige Plätze frei waren, beschlossen Pauline und Roberto, sich wieder einmal Zeit für Kaffee und Kuchen zu nehmen.

Unglaublich langsam verging die Zeit, bis es soweit war, Benjamin wieder abzuholen. Wieder gingen sie gemeinsam zum Kindergarten und holten einen überglücklichen Jungen, der eigentlich noch gar nicht heimwollte und doch todmüde war, ab. Nach fast zwei Jahren war Benjamin mittags wieder so müde, dass er sich freiwillig eine Stunde niederlegte und schlief. Wunderbar war er anzusehen, der kleine Racker.

21. März 2019

Nach wie vor war es ihm wichtig, am Leben seiner Kinder teilzunehmen, immer wenn es nur irgendwie möglich war, war er da, daran gab es nichts zu rütteln. Er war stolz auf sie, in jedem Moment und zu jeder Zeit, auch wenn sie nicht immer einer Meinung waren und mittlerweile auch die Pubertät eine Rolle spielte: Jetzt waren die beiden die wichtigsten Menschen in seinem Leben. Menschen die immer wieder mit ansehen mussten, wenn es ihm wieder schlecht ging, obwohl er versuchte, es nicht zu zeigen, was aber nie ganz gelang. Sie kannten ihren Vater und wussten, wann etwas nicht stimmte, wollten ihm helfen, wussten nur nicht so recht, wie sie das anstellen sollten. Er war ihnen nicht böse, war froh, dass sie da waren und ihn, wo es ging, unterstützten.

Und er fiel, wieder einmal, tiefer in dieses verflixte schwarze Loch.

23. März 2019

#wasistGlück?

Was ist Glück, wann hat man es und wann weiß man, dass man es hat? Philosophieren gehörte eigentlich nicht zu seinen Tugenden, aber er hatte Zeit und nichts anderes zu tun, also musste er nachdenken, er konnte nichts dagegen tun. Ist Glück das Gleiche wie Zufriedenheit, wie zufrieden sein? Er fand keine Antwort darauf, wahrscheinlich gab es auch keine. Er suchte wieder in seinen Erinnerungen, und auch da war nichts, nichts, was ihm helfen würde zu verstehen, wann ihn das Glück verlassen hatte. Vielleicht hat der Alltag so hart zugeschlagen, dass es so war? Das glaubte er aber nicht. Ja, es ist richtig, dass sich ab und an zu viel Routine zu lange in ihr Leben geschlichen hatte, und doch dachte er immer, dass sie so viel Gemeinsamkeiten gehabt hatten, so viel gemeinsam unternommen und die gleiche Einstellung zum Leben und zu den Mitmenschen gehabt hatten. Oder doch nicht? War alles nur Fassade?

Was war nur aus ihnen geworden?

2012–2014

Benjamin brauchte sie immer weniger, sicher bei Problemen, wenn er stürzte und sich wehtat, wenn er traurig war, dann waren seine Eltern die ersten Bezugspersonen, die er suchte, von denen er Trost erwartete und diesen auch bekam. Trotz alledem wurde er immer selbstständiger, die Vormittage im Kindergarten waren für ihn jeden Tag wieder wunderbar, er mochte auch alle Kinder in der Gruppe. Und da er einen überaus ausgeprägten Gerechtigkeitssinn besitzt, war er so etwas wie der Kindergruppensprecher, seine Eltern nannten ihn sehr oft liebevoll „Herr

Polizist", da er dieses Verhalten immer und überall an den Tag legte, es ist ja unbestritten auch eine gute Eigenschaft.

Und dann kam auch Emma in den Kindergarten, da ging Benjamin bereits in die Schule. Für beide war es kein Problem, sich in der neuen Umgebung schnell einzugewöhnen und Freunde zu finden. Und so brauchte ihn auch seine Tochter immer seltener, wurde auch selbstständiger und größer.

Roberto fehlte etwas, lange überlegte er, wie er diese Lücke schließen konnte. Bevor er eine Familie hatte, konnte er mit seiner Freizeit machen, was er wollte. Jetzt war das doch was anderes, jetzt, wo er eine Familie hatte, wollte er auch Zeit mit ihnen verbringen, nicht mehr immer unterwegs sein. Er liebte es, am Abend mit seinen Kindern zu kuscheln, sie ins Bett zu bringen, daraus war ein Ritual geworden, und mindestens ein Elternteil musste bis ins Kinderzimmer mitgehen. Zwischen ihm und Paulina hatte sich Routine eingeschlichen.

Sex hatten sie leider selten, meistens am Wochenende kurz vorm Schlafen. Standardprogramm, nichts Außergewöhnliches. Ab und zu versuchte er, seine Frau dazu zu bringen, öfter mit ihm zu schlafen und was Neues auszuprobieren, ohne Erfolg, sie wehrte immer ab, war entweder zu müde oder hatte ihre Tage, was ihr gerade so an einer Ausrede einfiel. Er hätte aber keinen einzigen Gedanken daran verschwendet, dass sie ihn nicht liebte, zu viel verband sie, zu tief war ihre gegenseitige Liebe, damals glaubte er das zumindest.

Roberto war aber irgendwie frustriert darüber, und so suchte er sich ein Hobby, das ihn ablenken würde. Durch die Geburt seines Sohnes war ihm klar geworden, das ehrenamtliche Helfer, egal ob bei einem Rettungsdienst, bei einer Feuerwehr oder Bergrettung, ein wesentlicher und wichtiger Bestandteil der Gesellschaft waren und viele Menschen diesen Leuten ihr Leben zu verdanken hatten.

„Das ist eine sinnvolle Tätigkeit", dachte er und nahm Kontakt mit der nächsten Rettungsdienststelle auf, jener, die auch bei der Geburt von Benjamin zuständig war. Der Leiter der Dienststelle lud ihn ein, sich alles anzusehen, damit er wusste, welche

Aufgaben auf ihn zukommen würden, wenn er sich dazu entscheidet, den Rettungsdienst anzutreten.

Nach zwei Wochen, in denen er immer wieder auf der Dienststelle war um sich einzuarbeiten, stand sein Entschluss fest: Er würde freiwillig im Rettungsdienst helfen. Er hatte damals Glück, denn kurz darauf begann eine Sanitätsausbildung für Neueinsteiger und diese konnte er sofort besuchen. Nach vier Monaten legte er die Prüfung zum Rettungssanitäter mit Erfolg ab und war ab diesem Tag vollwertiges Mitglied der Dienststelle und versah auch regelmäßig Dienst.

Paulina sah, dass ihn diese Aufgabe erfüllte, er blühte richtiggehend auf. Sie unterstützte seine Entscheidung, freiwillig Rettungsdienst zu machen immer und überlegte ihrerseits selbst, was sie tun könnte, wo sie sinnvoll helfen könnte. Lange brauchte sie nicht zu überlegen, sie sah, dass es im Rettungsdienst viele verschieden Aufgaben gab, und für alle diese Aufgaben wurden ständig Leute gebraucht, die bereit waren zu helfen.

Essen auf Rädern, das war es, was sie machen würde, das ließ sich auch mit ihrer Arbeit vereinbaren. Seit sie nicht mehr in Karenz war, hatte sie eine Anstellung bei einem Bäcker um die Ecke gefunden. Sie musste zwar früh morgens beginnen, doch das war kein Problem, Roberto konnte die Kinder an den drei Tagen, an denen sie in der Woche arbeitete, in den Kindergarten bringen, sie hatte immer nur bis zehn Uhr Dienst. Und so hatte sie noch Zeit, das Essen zu den älteren oder gebrechlichen Menschen zu bringen, die zum Essen angemeldet waren. Damit war sie spätestens um zwölf Uhr fertig und holte danach die Kinder ab.

Beide engagierten sich total für ihre Sache, sie wurden eine richtige „Rettungsfamilie" und halfen auf der Dienststelle auch immer mit, wenn irgendwelche außergewöhnlichen Arbeiten anfielen, etwa ein Großputz oder auch Spendenaktionen oder sonst was zu tun war.

Ihr Engagement war ihnen so wichtig geworden, dass sie beide sogar in den Vorstand der Dienststelle gewählt wurden, und immer einer den anderen unterstützte, wenn dieser Hilfe bei seiner Aufgabe brauchte.

Sehr oft waren jetzt auch die Kinder mit auf der Dienststelle, sie kannten bereits jede Ecke und jeden Mitarbeiter und wurden auch akzeptiert, gehörten dazu. Sehr oft erzählten die Kinder, dass sie selbst einmal die ehrenamtlichen Aufgaben ihrer Eltern übernehmen würden. Die Kinder übernahmen die überaus lobenswerte Einstellung ihrer Eltern.

Wenn er einmal eine andere Meinung als seine Frau hatte, wurde das besprochen und eine Lösung gesucht, die für alle geeignet war. Roberto war sich sicher, dass durch ihre gemeinsame ehrenamtliche Tätigkeit ihre Beziehung noch wertvoller und noch intensiver geworden war, nichts anderes wäre ihm je in den Sinn gekommen, und er hätte nie geglaubt, dass sie das einmal nicht mehr gemeinsam tun würden.

23. März 2019

Und heute? Heute ist es ein Problem, beide haben nach wie vor ihre Funktionen auf der Dienststelle und versehen regelmäßig Dienst, auch wenn Roberto versucht, das dieser nicht zur gleichen Zeit stattfindet, ist das nicht immer möglich. An diesen Tagen, an denen er sie wiedersah oder Kontakt mit ihr hatte, war es viel, sehr viel schlimmer als an normalen Tagen. So sicher war er sich gewesen, dass diese Freizeitaktivität gut für ihre Beziehung und obendrein für so viele Personen hilfreich war. Und dass Paulina genau so dachte. Er ist sich sicher, dass das jetzt nicht mehr so ist, vielleicht war das auch nie so, zu viel ist vorgefallen, die Gedanken in seinem Kopf schwirrten wieder einmal wild hin und her.

Er fiel, nach wie vor, tiefer in das schwarze Loch.

25. März 2019

#derRingfehlt

Überall sah man Sprüche und Weisheiten, und wenn man lange genug suchte, fand man einen für sich passenden, förmlich überflutet war das Internet davon. Es fängt mit „heuer ist dein Jahr" an und geht bis hin zu allen möglichen Horoskopen, man fand immer das, was man hören wollte. Er hat noch nie an so etwas geglaubt, es gab so viel verschiedene Menschen auf dieser Welt, da konnte er sich nicht vorstellen, dass ein Sternzeichen etwas über die Zukunft sagen könnte. Im Gegensatz dazu glaubte er an seine Familie, daran, dass hier immer jeder für jeden da sein würde, komme was wolle. Dass es im Leben Veränderungen geben wird und er sich auch selbst verändert, war ihm klar, er war der Meinung, dass man hier seinen Partner unterstützen muss. Wurde ihm das zum Verhängnis? „Wer nicht mit der Zeit geht, geht mit der Zeit", hieß es und wie es schien, war es tatsächlich so.

2014-2017

Alles hat sich verändert. Sie hatten beschlossen, keine Kinder mehr zu bekommen. Da Benjamin und Emma mittlerweile schon beide zur Schule gingen und auch einmal alleine zu Hause blieben, war es für Paulina und Roberto wieder möglich, regelmäßig auszugehen. Was sie auch taten, und sie genossen es immer. Ab und zu schliefen die Kinder auch bei ihren Großeltern, meistens bei Paulinas Eltern, die sahen sie seltener als Robertos, da sie doch weiter weg wohnten. Sie versuchten auch regelmäßig, als Familie etwas zu unternehmen, was sich meistens als ziemlich schwierig herausstellte, da sich jeder stets etwas anderes darunter vorstellte. Emma wollte nicht wandern, Benjamin hatte keine Lust, in ein Museum zu fahren, es gab kaum etwas, was passte, nur zum Schwimmen konnten sie immer fahren, da war jeder einverstanden.

Paulina und auch Roberto waren ab und zu getrennt unterwegs in dieser Zeit, nahmen sich wieder Zeit für Freunde aus ihrer Jugendzeit, die sie schon lange nicht mehr gesehen hatten. An einem Samstag waren sie wieder einmal gemeinsam unterwegs, die Kinder hatten beschlossen, bei ihrer Großmutter zu übernachten, und diese hatte sie sofort abgeholt, nachdem sie angerufen und gefragt wurde, ob es überhaupt möglich sei. An welchem Tag genau das war, konnte er gar nicht mehr sagen, nur dass sie in Paulinas Lieblingslokal gegangen sind, hier war sie auch, wenn sie ohne Roberto unterwegs war. Deswegen war er auch nicht wirklich überrascht, dass sie so viele Gäste und Mitarbeiter kannte. Regelmäßig versuchten Männer, mit ihr zu flirten, was nicht verwunderlich war, sie war nach wie vor eine wirklich wunderschöne Frau, und sie ließ es zu, obwohl Roberto neben ihr an der Bar stand. Es störte ihn, was sonst, das würde keinem Mann gefallen. Eine Szene wollte er aber auch nicht machen, und so nahm er es so wie es war hin, er würde später zu Hause mit ihr darüber reden. Während er so dastand fiel ihm auf, dass sie den Ehering nicht trug, es traf ihn mitten in die Magengrube. „Was ist jetzt los?", dachte er, noch nie hatte sie den Ring abgenommen, den hatte sie, ganz genauso wie er, immer getragen. Ihm wurde ganz schwindelig, fieberhaft überlegte er, was da jetzt wieder los war. Es hatte keinen Streit zwischen ihnen gegeben, nichts, was darauf hingedeutet hätte, dass was nicht stimmen würde. Auch darüber musste er mit Paulina reden, nahm er sich ganz fest vor.

Kurz nach Mitternacht machten sie sich zu Fuß auf den Heimweg, er wollte ihr die Hand geben, was sie allerdings nicht zuließ, ein weiterer Grund, ein ernsthaftes Gespräch mit ihr zu suchen. Noch während sie unterwegs waren, sprach er sie darauf an, fragte sie, ob es denn wirklich notwendig war, dass sie mit anderen Typen flirtete, während er sogar neben ihr stand? „Du weißt, dass du mir vertrauen kannst", bekam er zur Antwort, worauf er sie nach dem Ring fragte. „Da gibt es kein Problem, ich habe nur nach dem Baden heute vergessen, ihn wieder anzustecken." Ihm blieb nichts anderes übrig, er musste ihr glauben, es gab ansonsten ja nichts, was ihn an ihr zweifeln lassen konnte. Versöhnlich hakte sie sich die letzten Meter bis zu ihrer Wohnung bei ihm ein, um ihm zu zeigen, dass es kein Problem gab, so dachte er zumindest. Beide waren todmüde und hatten etwas zu viel getrunken, und nachdem sie sich noch rasch die Zähne geputzt hatten, schliefen sie auch schon ein. Sie konnten sich ausschlafen, da sie am nächsten Tag bei ihren Eltern zum Essen eingeladen waren und dann gleich die Kinder wieder mit nach Hause nehmen würden.

Roberto erwachte langsam und spürte, wie etwas seinen Rücken auf und ab fuhr, etwas Weiches, es war ein angenehmes Gefühl. „Guten Morgen mein Schatz", flüsterte ihm Paulina ins Ohr und saugte leicht an seinem Ohrläppchen, er liebte es, wenn sie das tat, und sie wusste das. Sie legte die Feder, mit der sie bis dahin seinen Rücken gestreichelt hatte, beiseite und mit ihren langen Fingernägeln kratzte sie leicht Robertos Rücken, der jetzt auf dem Bauch lag. Auch das gefiel ihm. Sie kniete jetzt über ihm und schob ihre Hände unter seine Boxer Shorts, legte sie auf seine Pobacken und machte mit ihrem Spiel weiter, was ihm ein zufriedenes Seufzen entlockte. Nach ein paar Minuten beendete sie dieses Spiel und zog ihm die Boxershorts aus, er blieb auf dem Bauch liegen, und ihre Hand suchte sich den Weg zwischen seinen Beinen zu seinem Geschlecht. Zuerst leicht und dann immer härter knetete sie ihm die Hoden, sein hartes Glied presste sich schon hart in die Matratze. Die Behandlung war so unglaublich schön, dass er leicht seinen Po anhob, um ihr einen noch besseren Zugang zu verschaffen. Und sofort nahm sie die zweite Hand und legte sie um seinen harten Schaft und fuhr auf und ab. Herrlich dachte Roberto, tut das gut und ließ sich ganz fallen, ließ sich auf ihr Spiel ein. Sie spürte seine starke Erregung, und indem sie einmal das Tempo erhöhte und wieder verringerte, schaffte sie es, sie noch mehr zu steigern ohne ihn kommen zu lassen. Sie wollte noch mehr von ihm.

Sie stieg von ihm ab: „Leg dich auf den Rücken", flüsterte sie. Sofort tat er, was sie von ihm verlangte. Sie hatte ihre dunkelblaue Spitzenunterwäsche angezogen, richtig sexy sah sie darin aus. Sie kniete sich erneut über ihn, bevor sie mit ihrem Spiel weitermachte, gab sie ihm einen heißen und langen Kuss, neckte ihn immer wieder mit ihrer Zunge. Mit den Fingernägeln fuhr sie über die Brust hinunter zu seinem steifen Glied, kurz vorher stoppte sie und fuhr wieder bis zu seinen Brustwarzen, immer und immer wieder, bis er es kaum noch aushielt. Sie stoppte, stieg kurz von ihm ab, streifte ihr Höschen ab und kniete sich genau über sein Gesicht. Er wusste, was sie von ihm erwartete und kreiste langsam mit der Zunge um ihren Kitzler, er spürte, wie feucht sie bereits war, sie hat dieses Spiel auch nicht kalt gelassen. Langsam steckte er seine Zunge in sie, rein und raus, einmal schneller, einmal langsamer, dazwischen kümmerte er sich wieder um ihren Kitzler. Lange hielt sie dieses Spiel nicht aus, rutschte von seinem Gesicht und setzte sich auf sein hartes Glied, führte sich den Schwanz ein und fing an ihn zu reiten. Ganz, ganz langsam startete sie und wurde immer schneller und wilder, beide stöhnten ihre Geilheit nur noch hinaus. Paulinas Spiel mit Roberto hatte seine Spuren hinterlassen, er hielt es nicht lange aus, und als er seinen Samen in sie ergoss, wurde ihm sogar kurz schwarz vor Augen, so sehr nahm ihn der Orgasmus mit, seiner Frau ging es kaum anders, als sie spürte, wie er kam, erhöhte sie noch einmal das Tempo, und auch sie überrollte ein wahnsinnig geiler Orgasmus, ließ ihre Muskeln zittern, und sie sackte auf seiner Brust zusammen.

Noch eine ganze Weile ließ sie ihren Kopf auf seiner leicht behaarten Brust liegen, streichelte diese mit ihrer Hand zärtlich und hauchte ein leises „Danke, das war geil", hervor. Er hatte bemerkt, dass sie den Ehering wieder angesteckt hatte, was ihn alle seine Zweifel vom Vorabend vergessen ließ. Sie blieben so lange aneinander gekuschelt im Bett, bis die Zeit es nicht länger zuließ und sie aufbrechen mussten, um rechtzeitig bei ihren Eltern zu sein.

Es gab zwar nicht viele solcher außergewöhnlichen Momente was ihr Sexualleben betraf, sie hatten ehrlich gesagt auch nicht sehr oft Sex, und Roberto wusste nicht zu sagen, ob das bei anderen Paaren anders war, wahrscheinlich ist das in jeder Beziehung ähnlich. Aber dass sie ihn verführte, um ihn milder zu stimmen und zu überzeugen, dass alles in Ordnung war, hat ihn damals glauben lassen, dass er überreagiert hatte. War dem so?

25. März 2019

Heute war er sich nicht mehr sicher, ob sie ihn seit diesem Tag belog, ihm was vorspielte oder was sonst noch.

Immer und überall hatte er sie gegenüber jedem verteidigt, der schlecht über sie redete oder anderer Meinung war als seine Frau. Heute ist er sich nicht mehr sicher, ob er auf der richtigen Fährte war. Vielleicht war er es, der sich in einem Menschen so getäuscht hatte. Unmöglich zu sagen, es war jetzt auch nicht mehr wichtig, das war Vergangenheit, zumindest versuchte er, so zu denken. Über ein halbes Leben stand er hinter Paulina, ohne Wenn und Aber.

Und er fiel, fiel und fiel, immer weiter in die Tiefe.

27. März 2019

#derAnfangvomEnde?

Natürlich wusste Roberto, dass sich ein Tief in ihre Ehe eingeschlichen hatte, aber wie sie das wieder in den Griff bekommen sollten, konnte er nicht sagen. War das überhaupt notwendig, vielleicht hätten sie nur mehr Zeit gebraucht? Eher nicht, es gab zwei Tage in seinem Leben, die er zu den schlimmsten zählte, und obwohl man sagt, man erinnert sich immer vorwiegend an positive und glückliche Erlebnisse, war das bei diesen Tagen nicht so, er konnte sich an fast jedes Detail erinnern.
Was war nur aus ihnen geworden?

21. März 2018

Paulina hatte ihren freien Tag, sie arbeitete mittlerweile in einem kleinen Laden für Dekoartikel, der gleich um die Ecke lag, zu Fuß in drei Minuten zu erreichen. Es gefiel ihr sehr dort, das Arbeitsklima war sehr familiär, ihr Chef betrieb diesen Laden bereits seit über 20 Jahren und hatte nicht mehr lange bis zu seiner Pensionierung.
Roberto hatte mittags Zeit und wollte mit seiner Frau gemeinsam zu Mittag essen. Als er die Wohnung betrat, roch er schon, dass sie gekocht hatte. Er mochte das, es war immer schön, nach Hause zu kommen und erwartet zu werden, das zeigte ihm, dass es in seinem Leben Menschen gab, die zu ihm gehörten, von denen er dachte, dass sie ihn liebten.
Sie stand in der Küche und schaute abwesend aus dem Fenster, sofort wusste er, dass etwas nicht stimmte. Sie hatte noch gar nicht mitbekommen, dass er hinter ihr stand. „Schatz, was ist los?", fragte er sofort, und man hörte die Sorgen in seiner

Stimme. „Wir müssen unbedingt reden", sagte sie mit heiserer Stimme, und ohne Vorwarnung fuhr sie mit für Roberto harten Worten fort: „Ich werde mich von dir trennen." Der Raum begann sich zu drehen, was war denn jetzt los? Er war unfähig, einen klaren Gedanken zu fassen, hoffte, dass er träumen würde, was natürlich nicht der Fall war. Das war bittere Realität. Verzweifelt suchte er nach Worten, nach Erklärungen. Er wollte wissen, was er falsch gemacht hatte. Als sie sagte, dass er ja nichts falsch gemacht habe, war es noch schlimmer für ihn, wieso traf sie dann solche Entscheidungen? Hier ging es nicht um ein paar Schuhe, die man falsch gekauft hat und umtauschen konnte. Hier ging es um eine ganze Familie, um das Leben von allen, die dazu gehörten.

Ihm war der Appetit vergangen, er musste raus, sofort, es war ein schöner Tag, zwar noch nicht heiß aber doch ein Frühlingstag. Auf der Straße zündete er sich eine Zigarette an, das war nach wie vor ein Laster, das er hatte, er redete sich ein, dass ihn das beruhigte. Verwirrt und planlos schlich er in den Straßen umher, die Kinder hatten zum Glück Schule und würdenen erst am späten Nachmittag heimkommen, ging ihm durch den Sinn. Was sollte aus denen werden? „Ich gebe meine Familie nicht auf", nahm er sich fest vor, „schon gar nicht meine Kinder, die sind mein Ein und Alles." Als er nach über einer Stunde wieder die Wohnung betrat, hatte sich Paulina auf die Couch gekuschelt, und er sah an ihrem Gesicht, dass sie geweint hatte. „Wann hast du begonnen, mich zu hassen, wann bin ich zu einem Menschen geworden, mit dem man nichts mehr zu tun haben will?", fragte er geradeheraus. Sie wollte antworten, doch er ließ dies gar nicht zu, er sagte ihr, dass er alles tun werde, um seine Familie zu retten, und sie solle ihm bitte alles sagen, was sie sich wünschen würde, was er anders oder besser machen könne, um das wieder ins Lot zu rücken, er bettelte richtig darum.

Da er leider einen Termin hatte, den er nicht einfach so kurzfristig absagen konnte, verließ er die Wohnung grußlos und fuhr zu seinem Kunden. Auf die Arbeit konnte er sich an diesem Tag aber nicht mehr konzentrieren, seine Gedanken wanderten immer wieder zu diesem Augenblick heute Mittag zurück. Er sagte die restlichen Termine ab und fuhr mit dem Auto raus aus der Stadt, es gab einen Platz, den er sehr mochte, den er aber leider in den letzten Jahren höchstens zweimal aufgesucht hatte, er nahm sich keine Zeit dazu, ihm war es wertvoller, diese mit seiner Familie zu verbringen. Es war ein Naturjuwel in der Nähe der Donauschlinge, zumindest für ihn, ein ruhiges Plätzchen zum Nachdenken oder um den Kopf frei zu bekommen. Nach langer Zeit hat er dort wieder gebetet, dafür, dass alles wieder gut würde.

 Er fuhr zurück, bevor es dämmrig wurde, fand die Wohnung leer vor und schrieb Paulina eine Handy-Nachricht mit der Frage, wo sie sei und dass sie miteinander reden sollten. Er versicherte ihr, dass er sie liebe, sie antwortete, dass auch sie rausgegangen sei um nachzudenken, auf seine Liebeserklärung bekam er aber keine Antwort. Er rechnete auch nicht wirklich damit.

 Sie war wieder zu Hause, bevor die Kinder aus der Schule kamen. Sie setzte sich zu Roberto an den Küchentisch, sah ihm in die Augen und sagte, dass sie bereit sei, es nochmal zu versuchen, dass er sich aber mehr Zeit für sie nehmen solle, etwas gemeinsam zu unternehmen, das würde sie sich wünschen, auch mit den nach wie vor befreundeten Familien von Jürgen und Stefan. Bis zu diesem Tag waren sie zwar des Öfteren gemeinsam ausgegangen, mit den Familien selbst allerdings hatten sie noch nie etwas unternommen.

 Das war für Roberto kein Problem, er war bereit, fast alles zu tun, um seine Ehe zu retten, also versprach er, dass er sich die Zeit für Ausflüge, oder was auch sonst noch gewünscht würde, zu nehmen.

 Sie sprachen auch ihr Sexualleben an, dass da nichts mehr los sei, dass da Abwechslung reingehöre und dass beide auch bereit seien, etwas auszuprobieren, auch die härtere Gangart würde Paulina interessieren, vielleicht auch mal an andern Orten wie etwa in der freien Natur. Sie habe das Gefühl, dass sie im Moment wie Bruder und Schwester zusammenleben. Diese Aussage tat ihm mehr als weh, er sah das ganz anders.

Das war etwas, was ihn sowieso selbst längst störte, seine Meinung war aber immer gewesen, dass sie das nicht wollte, nicht dafür offen war. Für ihn war das sogar noch die leichtere Aufgabe, davon würden sie schließlich beide etwas haben.

Er versprach ihr, mit dem Rauchen aufzuhören und mehr Sport zu treiben, wenn sie es wolle auch gemeinsam mit ihr.

„Das wäre natürlich schön", bekam er zur Antwort, am meisten schmerzte ihn aber, dass sie von ihm verlangte, ihr nicht mehr so oft zu sagen, dass er sie liebe, es wäre ja doch nur eine Floskel. Das hatte gesessen, denn er hatte es jedes Mal, wenn er es gesagt hatte auch so gemeint. Und doch war er auch dazu bereit, das war zwar das Härteste, was sie verlangte, dennoch würde er auch das schaffen.

Beide standen auf, gingen aufeinander zu und umarmten sich, Roberto flüsterte ihr mit tränenerstickter Stimme ein „Danke" ins Ohr, „es wird hoffentlich alles gut werden." Sie legte ihren Kopf so in den Nacken, dass er gezwungen war, ihr in die Augen zu schauen. „Ich kann dir aber nicht versprechen, dass alles gut werden wird", sagte sie. „Ob ich wieder die Gefühle für dich entwickeln kann, die ich einmal hatte, ich will aber mein Bestes geben." In diesem Moment genügte ihm das, wenn sie beide aufeinander zugingen und jeder den anderen unterstützen, auf dessen Wünsche eingehen würde, würde mit Sicherheit alles gut.

Als die Kinder nach Hause kamen, wurde wie immer als Familie gemeinsam zu Abend gegessen. Die beiden bekamen von dieser Sache nichts mit, wofür Roberto überaus dankbar war. „Ich schaffe das, ich werde ihr zeigen, wie sehr ich sie liebe. Meine Frau und meine Kinder sind mein Leben. Was soll ich ohne sie machen?"

27. März 2019

Von diesem Tag an schwebte das Damoklesschwert über ihm, das war ihm klar. Von diesem Tag an änderte sich sehr viel in seinem Leben, die meisten Veränderungen waren positiv, zum Vorteil von Roberto und Paulina. Jetzt weiß er, dass nur er das so sah, er ist sich jetzt sicher, dass sie sich an diesem Tag entschlossen hatte, endgültig. Er hatte gar keine Chance mehr, das geradezubiegen. Und er fiel noch tiefer, unaufhörlich.

29. März 2019

#eswarallesumsonst

In seinen Erinnerungen hat das Gespräch damals im März zwar etwas in seinem Leben verändert, in Paulinas glaubte er aber jetzt nicht mehr. Wie es schien, hatte sie nie vor, sich zu ändern, zwar wünschte sie sich ein besseres Leben, aber ihr waren mittlerweile innere Werte und Versprechen, alle gemeinsamen Erinnerungen nichts mehr oder zumindest nicht mehr so viel wert wie in den Zeiten, als er ihr noch vertraut hatte.

So sehr hat er sich angestrengt, hat sich jeden Tag Sorgen gemacht, gehofft, dass er nichts falsch macht, hat ab und zu Blumen oder Pralinen gekauft, um ihr zu zeigen, wie wichtig sie ihm ist. Und er hat auch immer wieder versucht, ihre Wünsche zu erfüllen.

Was war nur aus ihr geworden?

Mai 2018

Es war ein wunderschönes Wochenende, am späten Samstagnachmittag beschlossen sie, noch eine gemeinsame Runde zu laufen, beide versuchten jetzt regelmäßig Sport zu treiben. Für Roberto war es anstrengender als für seine Frau, schließlich hatte er noch nicht die Kondition, um mit Paulina mithalten zu können, und dass er viele Jahre geraucht hatte, machte sich auch bemerkbar. Aber mit eisernem Willen hielt er durch, und Paulina nahm auf ihn Rücksicht und reduzierte ihr Tempo etwas. Die Kinder hatten beschlossen, das Wochenende in St. Florian bei ihrer Tante zu verbringen, was ihnen die Möglichkeit gab, sich einen netten Abend zu machen.

Als sie mit dem Sport fertig und wieder in der Wohnung waren, wollte Paulina unter die Dusche hüpfen, doch Roberto ließ das nicht zu, er umarmte sie, legte ihr seine Hände auf den Po und küsste sie. Er hob sie hoch und trug sie zum Küchentisch, setzte sie ab und drückte ihren Körper sanft zurück, er wollte sie auf dem Rücken liegend haben. Er hatte alles geplant und Seidentücher vorbereitet, mit denen er sie an den Tisch fesselte. Mit einem der Tücher verband er ihr die Augen, Paulina schien nichts dagegen zu haben. Er hatte sich im Internet über Sex-Toys schlau gemacht, ein paar Sachen, die ihm gefielen bestellt und hatte jetzt vor, diese zu testen, in ihr Liebesspiel einzubauen.

Er schob ihr das Top hoch und ihre großen, schönen Brüste kamen zum Vorschein. Roberto spielte mit einem Eiswürfel, den er sich bereitgelegt hatte, an ihren Nippeln, was diese immer größer und auch härter werden ließ. Klammern für die Brustwarzen waren bei den Toys dabei, diese nahm er und brachte sie an ihr an. Es gefiel ihr sehr, er hatte keine Zweifel. Nun wollte er schauen, wie weit er gehen konnte, er zog an den Gewichten, bis sie ein leises Zischen von sich gab, das ihm zeigte, dass sie jetzt Schmerzen verspürte, dann ließ er wieder nach. Ihm gefiel dieses Spiel, und er wiederholte es ein paar Mal. Nun war es an der Zeit, noch weiter zu gehen, er zog ihr ihre Laufpants bis zu den Knien und zog ihr ihren Slip in ihren Schlitz und fuhr damit hin und her, um ihren Kitzler zu stimulieren. Er konnte sehen, wie feucht sie war, wie geil sie dieses Spiel machte. Ein weiteres Spielzeug war ein Vibro-Ei, er schaltete es auf der ersten Stufe ein und steckte es in ihren Slip, sodass es ihren Kitzler weiterstimulierte. Sie presste ihr Becken dem Ei entgegen und stöhnte nun laut. Während das neue Spielzeug seine Arbeit machte, bereitete Roberto das nächste vor. Ein Vibrator, den er ihr vor den Mund hielt und sie aufforderte, ihn feucht zu machen. Sofort schnellte ihre Zunge aus dem Mund und gierig fuhr sie den Vibrator entlang, Roberto fing an, ihr das Ding in den Mund zu stecken und sie blies ihn wie einen richtigen Schwanz, machte das Teil richtig feucht. Als es genug war, nahm Roberto ihn, schob ihr ihren Slip zur Seite und schob ihr ihn in die heiße Muschi, diese öffnete sich bereitwillig, sie war schon lange bereit, genommen zu werden.

Mit dem Ei an ihrem Kitzler und dem Vibrator in ihrer Muschi konnte sie nichts anderes als laut stöhnen, und dazwischen keuchte sie „Oh ja, das ist geil". Als er merkte, dass sie kurz vor dem Orgasmus stand, beendete er das Spiel. Er legte den Dildo zur Seite und schaltete das Ei aus. Sie war enttäuscht, bettelte ihn an, sie kommen zu lassen. „Wirst du noch mein Schatz", versprach er ihr, „aber noch nicht jetzt." Er ging ins Schlafzimmer, um eine Reitgerte zu holen, die er dort versteckt hatte, da Paulina noch immer die Augen verbunden hatte, konnte sie nicht sehen, was auf sie zukam und war schon sehr aufgeregt, er sah, dass sie leicht zitterte. Mit der Gerte fuhr er über die Innenseite der Oberschenkel von den Knien bis zu ihrem Dreieck und zurück, mehrmals wiederholte er dieses Spiel auf beiden Seiten. Unerwartet schlug er mit der Gerte leicht auf ihren Kitzler, sie wollte die Beine zusammenpressen, mehr vor Schreck als vor Schmerz, aber da sie nach wie vor gefesselt war, schaffte sie das nicht, also blieb ihr nur, sich seinem Spiel hinzugeben. Nun erhöhte er die Intensität der Schläge, schlug härter und in kürzeren Abständen zu, immer darauf bedacht, ihr nicht zu sehr wehzutun.

Der leichte Schmerz, den er ihr zufügte, raubte ihr fast den Verstand, und sie schrie ihre Geilheit mittlerweile richtiggehend heraus. Er hielt kurz inne und mahnte sie, leiser zu sein, aber bereits nach ein paar Schlägen musste sie wieder schreien. Er nahm ihr kurz die Fessel an den Beinen, nur um ihr den Slip ganz auszuziehen, und fesselte sie sofort wieder, mit dem Slip fuhr er ein paar Mal durch ihre feuchte Muschi und steckte ihn ihr dann in den Mund, missbrauchte ihn als Knebel. Er nahm erneut die Reitgerte und schlug ihr wieder und wieder damit auf den Kitzler, sie schrie jetzt ihre Lust und den Schmerz in den Slip hinein.

Nun war er selbst schon so erregt, dass er seine Hose ausziehen musste, um seinem Schwanz Freiheit zu verschaffen, dem es schon lange viel zu eng war. Er entledigte sich auch seiner restlichen Kleidung, Shirt, Socken und Boxershorts und stand nun vollkommen nackt vor ihr. Wieder löste er ihre Beinfessel, doch jetzt positionierte er sie so, dass er freien Zugang zu ihrer Weiblichkeit hatte.

Mit der Zunge leckte er genüsslich über ihren Kitzler und schmeckte ihren Saft, leicht biss er sie in die Schamlippen und zog daran, wanderte jetzt weiter rauf zu ihren Brüsten und widmete sich den Brustwarzen, biss auch hier leicht hinein und zog sie in die Länge. Er küsste zärtlich ihren Hals und nahm ihr dabei den Knebel aus dem Mund und die Augenbinde ab, sie blinzelte kurz, musste sich wieder an die Helligkeit gewöhnen, und er sah, dass in ihren Augen nur mehr grenzenlose Erregung lag. Er gab ihr einen Kuss, intensiver als je zuvor, sie erwiderte diesen so leidenschaftlich, erkundete mit ihrer Zunge seinen Mund. Sie spürte seinen Schwanz, der gegen ihren Bauch drückte und bettelte ihn an, dass er sie jetzt endlich durchficken solle, er solle sie richtig hart nehmen.

Das hatte er sowieso vor, wie auf einem Präsentierteller lag sie vor ihm, nun steckte er ihr seinen Schwanz hinein, sie war nicht nur feucht, sie war richtig nass und heiß. Er merkte, wie sein Glied noch einmal anschwoll. Dann nahm er sie, mit schnellen harten Stößen. Es war richtig animalisch, was sie da trieben, und Paulina kam schon nach den ersten paar Stößen so intensiv, dass ihr ganzer Körper zitterte, er fickte sie weiter, und er wusste, dass er auch bald kommen würde, doch bevor es soweit war, spürte er, wie sich ihre Muskeln erneut anspannten als sie kam, innerhalb kürzester Zeit schüttelten sie zwei Orgasmen durch. Das gab ihm den Rest, und mit einem lauten Schrei kam auch er, auch sein Orgasmus war so intensiv, dass seine Muskeln zu zittern begannen und seine Knie weich wurden.

Er musste sich kurz erholen, bevor er Paulina auch die Handfesseln abnahm. Sie rieb sich leicht die Handgelenke, die durch die lange Unbeweglichkeit ein wenig schmerzten, umarmte ihren Mann, küsste ihn kurz auf den Mund. „Wow, genauso habe ich mir das vorgestellt, das war unglaublich geil", er konnte nur zufrieden grinsen, war es für ihn doch nicht nur anstrengend sondern auch sehr befriedigend.

Nun schlüpften sie beide schnell unter die Dusche und kuschelten sich auf der Couch vorm Fernseher zusammen. Diese Nacht verbrachten sie ungeplant auf der Couch, denn schon nach kurzer Zeit waren sie eingeschlafen, so sehr hatte beide der Abend mitgenommen. So erschöpft waren sie schon lange nicht mehr gewesen.

Am nächsten Tag hatten sie noch Zeit, gemeinsam in ihrem Lieblingskaffeehaus frühstücken zu gehen. Sie waren überglücklich, zumindest war es Roberto, und er fragte an diesem Tag auch seine Frau, ob er auf dem richtigen Weg sei, ob alles in Ordnung sei, was sie ihm auch versicherte. Das war ein weiterer Tag, an dem er sich sicher war, dass alles gut gehen würde. Hat er gedacht.

29. März 2019

Das war etwas, was er ihr sicher nie verzeihen wird. Wie konnte sie ihm sagen, dass alles in Ordnung sei und gleichzeitig wissen, dass es nicht so ist? Ihm Hoffnung zu geben, wo keine mehr war. Vielleicht wäre es leichter gewesen, wenn sie damals einfach mit offenen Karten gespielt hätte. Er war zutiefst verletzt.

Und dieses Loch, in dem er fiel und fiel, wurde tiefer und tiefer, schien einfach nicht zu enden zu wollen.

31. März 2019

#allesmöglicheversucht

Wie kommt man auf andere Gedanken? Wann hören die Schmerzen auf? Roberto hatte das Gefühl, dass das nicht mehr passieren wird. Immer wenn er sie nur sah, fing sein gebrochenes Herz erneut an zu bluten, deswegen hatte er sich entschlossen, so gut es geht Abstand zu ihr zu halten, sprach auch kein einziges Wort mit ihr, wenn es sein musste, wurden Nachrichten gesendet, aber nur in dringenden Fällen.

So viel hatten sie sich damals vorgenommen, wollten so viel verbessern, versuchen sich wiederzufinden, es hatte doch schon so gut ausgesehen.

Was war nur aus ihnen geworden?

Sommer 2018 – ein Wochenende zu zweit

Um ihre Beziehung zu retten, vielleicht sogar um sie zu vertiefen, hatte Roberto ein Wochenende in einem Hotel im wunderschönen Salzkammergut gebucht, eines mit einem großen Wellnessbereich. Benjamin und Emma blieben alleine zu Hause, sie freuten sich schon darauf, mal ohne Mama und Papa zu Hause zu sein, da konnten sie einen ganzen Tag vorm Fernseher liegen oder mit der Playstation spielen, was Kinder in diesem Alter halt alles so machen, wenn sie sturmfrei haben.

Sie brachen schon bald in der Früh auf, um den Tag nutzen zu können. Die Fahrt dauerte zwei Stunden, das Wetter war zwar nicht besonders schön, doch da sie wandern gehen wollten, war ihnen das egal. Sie checkten ein und bezogen ihr Zimmer, ein Eckzimmer mit einer herrlichen Aussicht auf die Berge. Eine Route, die sie gehen wollten, hatten sie sich auch schon gesucht, nur noch rein in die richtigen Schuhe, den Rucksack mit dem Notwendigsten auffüllen und los ging's. Den ganzen Tag waren sie unterwegs, kehrten aber rechtzeitig zum Abendessen ins Hotel zurück. Bevor sie in den Speisesaal gingen, hüpften sie nur schnell unter die Dusche und zogen sich um.

Für den Abend hatte er ein richtiges Dinner für zwei gebucht, drei Gänge, und es schmeckte hervorragend, dazu tranken sie eine Flasche Weißwein. Es hatte etwas richtig Romantisches an sich, die Stimmung war wunderbar. Von der Wanderung waren sie schon etwas müde, da bot es sich an, in den Wellnessbereich zum Relaxen zu gehen. Es gab ein großes Hallenbad, einen Whirlpool, eine Dampfsauna und zwei finnische Saunen. Beide liebten es, eine Sauna zu besuchen und starteten mit der heißeren der finnischen Saunen. Nach dem Aufguss ging es wieder kurz unter die Dusche und danach in den Pool, um ein paar Längen zu schwimmen.

Den Whirlpool konnte man selbst bedienen, und da um diese Zeit sonst keine Menschen in diesem Bereich waren, beschlossen beide, in diesen hinein zu steigen. Roberto streckte die Beine aus, legte seinen Kopf in den Nacken, schloss die Augen und genoss das wohltuende Blubbern des Wassers. Paulina saß total entspannt neben ihm. Vom Pool aus hatte man Aussicht auf einen See, und auf den Ort, zu dem das Hotel gehörte, sah man die Hausdächer und den Kirchturm, fast schon kitschig schön war die Aussicht.

Nach einer Weile wanderte Robertos Hand unters Wasser zu den Oberschenkeln seiner Frau, und er begann diesen zu streicheln. Sie gab ein zufriedenes Knurren von sich, und er traute sich, einen Schritt weiter zu gehen, durch das Bikinihöschen fing er an, sie zu massieren, und auch hier hörte er ein zufriedenes Schnurren, er nahm das als Aufforderung weiterzumachen und schob seine Hand unter das Höschen und einen Finger in ihr Loch, und auch ihren Kitzler rieb er leicht, er trieb dieses Spiel so lange bis sie einen unglaublichen Orgasmus hatte. „Das war geil, Danke", hauchte sie ihm ins Ohr und küsste ihn liebevoll. Danach gab es noch einen Saunabesuch, und schließlich fielen sie todmüde ins Bett und hatten einen traumlosen Schlaf.

Sie hatten geplant, am nächsten Tag auszuschlafen und taten das auch, es war Sonntag, und es gab bis zehn Uhr Frühstück, das schafften sie rechtzeitig. Da es das Wetter zuließ, wollten sie zum See, um sich dort ein Boot zu mieten und auf das Wasser hinauszufahren. Da sie das Zimmer aber erst am Mittag verlassen mussten, hatten sie es nicht eilig. Sie packten erst gemütlich alle ihre Sachen wieder ein.

Es wurde wieder ein schöner Tag, und das ganze Wochenende war somit gelungen, so dachte er zumindest. Noch bevor sie aufbrachen, küsste sie ihn und bedankte sich dafür, und die Welt war in Ordnung. War es wirklich so?

Sommer 2018 – die Radtour

Ein weiteres Highlight war sicherlich die Radtour, die sie mit einer befreundeten Familie schon seit einiger Zeit geplant hatten. Zwei Wochenenden wurden dafür freigehalten, um das perfekte Wetter zu haben. Aber bereits das erste war für ihr Vorhaben perfekt.

Also wurden am Freitagabend die Rucksäcke gepackt, nur mit dem Notwendigsten, um Gewicht zu sparen und jeder musste einen mitnehmen, danach gingen alle sofort schlafen, es war geplant, sehr früh am nächsten Morgen aufzubrechen.

Um sechs Uhr läutete der Wecker, und Roberto weckte beide Kinder, während Paulina etwas zum Essen einpackte und die Trinkflaschen auffüllte. Als alle fertig waren, stiegen sie auf die Fahrräder und fuhren Richtung Hauptbahnhof, es war ausgemacht, sich dort mit Jürgen, Sandra und deren Kindern zu treffen. Als Roberto mit seiner Familie ankam, stiegen diese gerade aus dem Auto und bereiteten alles vor. Eine halbe Stunde später waren sie unterwegs, Salzburg war ihr Ziel, mehr als die Hälfte an diesem Tag, in einem Gasthaus übernachten und am nächsten Tag weiter bis zum Bahnhof dort und zurück mit dem Zug. Sie hatten bereits ein Abteil gebucht, in dem sie die Fahrräder mitnehmen konnten.

Es war eine schöne Strecke, und sie kamen ganz gut voran, Roberto störte zwar, dass Paulina und auch Jürgen immer vorne wegfahren mussten und ein Tempo vorgaben, das die jüngeren Kinder kaum mithalten konnten und ihnen schon sehr bald die Motivation nahm. Da sie aber noch nicht einmal die Hälfte der geplanten Strecke des ersten Tages erreicht hatten, entschied er sich, sein Tempo dem der Kinder anzupassen und redete ihnen stets gut zu.

Als sie sich aus den Augen verloren, warteten die beiden dann doch, und so konnten alle eine kurze Pause machen, bevor es weiterging, lange trödeln durften sie nicht. Noch einige Male warteten Jürgen mit seiner Frau und Paulina auf ihn und die Kinder. Roberto sparte es sich, etwas zu sagen, es würde sowieso nichts ändern. Einige Kilometer vor ihrem Ziel, er fuhr gemeinsam mit seiner Tochter und dem jüngeren Sohn von Jürgen Richtung Ziel, schlossen sie zu Paulina auf. Sie hatte sich etwas überschätzt und musste dem jetzt Tribut zahlen. Nun war es an der Zeit, seine Frau zum Weitermachen zu motivieren, es dauerte eine Weile, bis sie sich wieder im Griff hatte und sie weiterfahren konnten. Noch vor der geplanten Zeit kamen sie am Tagesziel an, das Hinterteil schmerzte vom langen Sitzen.

Nach dem Abendessen war es an der Zeit, sich auszuruhen, die Kinder schienen schon zu schlafen, bevor sie überhaupt im Bett lagen. Die Erwachsenen genehmigten sich noch ein Bier und waren dann auch bereit, schlafen zu gehen.

Kurz nach dem Frühstück waren sie am nächsten Tag schon wieder unterwegs. An diesem Tag war es noch schlimmer, Emma musste nach einer Weile schon weinen, ihr tat der Hintern noch immer weh, und sie hatte Angst, dass sie zu spät zum Zug kommen würden, wenn sie nicht das Tempo ihrer Mutter fahren würden. Wieder war es an Roberto, die Ruhe zu bewahren und ihnen diese Angst zu nehmen. Eine Stunde bevor der Zug abfuhr, erreichten sie den Bahnhof, und nun genehmigte sich Roberto ein großes kühles Bier, das hatte er sich mehr als verdient, wie er meinte. Eine Stunde später waren sie bereits wieder in Linz und ein paar Minuten später auch wieder zu Hause.

„Ziel erreicht", dachte Roberto, „wieder einen Wunsch erfüllt." Und er hätte sich sogar vorstellen können, öfters eine so lange Radtour zu machen, mit oder ohne Kinder, je nachdem, welche Strecke sie fahren würden.

Es sollte nicht mehr sein, wenn er jetzt mit dem Rad unterwegs war oder wandern ging, war er alleine, ab und zu war sein Sohn mit, doch im Regelfall nicht. Alleine zu sein gefiel ihm nicht, wem gefiel das schon?

Er ist der Meinung, dass sie damals schon wusste, dass sie mit ihm keine Radtour mehr unternehmen würde, nur das Warum hängt in der Luft, er hatte doch alles versucht.

Sommer 2018 – Familienurlaub

Roberto wollte eigentlich wieder an den Strand, den Kindern war es egal, und Paulina wollte in die Berge. Also fügte sich Roberto, eigentlich war es ihm egal, er freute sich nur auf erholsame und schöne Tage mit seiner Familie, da war es nicht so wichtig, wohin die Reise schlussendlich ging.

Online fanden sie ein tolles Angebot für die ganze Familie in Tirol, genauer gesagt im Ötztal. Überhaupt das erste Mal buchten sie einen All Inclusive Urlaub.

Wie immer wurde am Tag vor der Abfahrt das Auto mit allem vollgepackt, von dem sie dachten, das würden sie brauchen, um am nächsten Tag früh losfahren zu können, und es war auch so. Der Urlaub war von Freitag bis Freitag geplant, und so kamen sie auf Österreichs Straßen zügig voran, da es nicht wirklich viel Reiseverkehr gab. Einmal mussten sie eine kurze Toilettenpause einlegen und erreichten nach ein paar Stunden bereits ihr Ziel.

Sie bekamen an der Rezeption die bereits vorbereiteten Zimmerschlüssel und trugen ihr Gepäck hinauf in den ersten Stock, Roberto und Paulina sowie die Kinder hatten jeweils eigene Zimmer, das würde sicher einmal was anderes sein, würde nett werden, freute er sich.

Immer wenn sie im Urlaub waren, gehörte am ersten Tag dazu, dass der Ort erkundet wurde, wo gab es ein Lokal, in das sie am Abend ohne Kinder gehen konnten, wo waren die Souvenirläden und was es noch alles zu entdecken gab. Im Hotel wurde natürlich auch jeder Winkel begutachtet. Noch vor dem Abendessen waren die Kinder im Pool und alberten ausgelassen herum, auch Roberto hüpfte ins Wasser uns schwamm ein paar Längen. Für die Sauna war er in diesem Moment nicht ausgerüstet, aber da sie eine ganze Woche hier sein würden, fand sich da bestimmt einmal Zeit.

Am Samstag stand die erste Bergwanderung auf dem Programm. Für Benjamin war es kein Problem, Emma sah das naturgemäß anders und fragte bereits nach ein paar Kilometern, wie weit es denn noch wäre, wie lange sie noch unterwegs sein würden. Da sie vorher aber noch nie dort gewesen waren, konnte das natürlich niemand beantworten. Als sie die Route geplant hatten, die sie nehmen wollten, hatten sie gesehen, dass es ein Stück weit sehr steil wurde und über diesen Pfad zumindest Ausrüstung zum Sichern empfohlen wurde. Der Weg führte sowieso bei einer Berghütte vorbei, und so fragten sie beim Hüttenwirt nach, ob sie diesen Weg mit den Kindern nehmen können. Schwindelfrei sollten sie sein, dann gäbe es kein Problem, bekamen sie zur Auskunft und beschlossen, den geplanten Weg weiterzugehen. Als sie zu dem Teilstück kamen, war in der Wand ein Stahlseil zum Halten befestigt, und Trittnägel waren auch geschlagen. Das Teilstück forderte alle vier ziemlich, und sie waren froh, als sie es geschafft hatten. Trotzdem befand Emma jetzt, dass die Wanderung doch ziemlich cool war, und somit gab es kein Problem mehr bis sie wieder im Hotel waren.

Jeden Abend planten sie einen Ausflug oder eine Wanderung für den darauffolgenden Tag, schauten sich verschiedene Wettermodelle an und entschieden dann, welche Route sie nahmen oder was sie unternahmen, wenn das Wetter nicht passte.

Für Paulina und Benjamin gab es in dieser Woche einen richtigen Adrenalinschub. Am Mittwoch passte das Wetter, um weiter in das Tal hineinzufahren, dort gab es einen Stausee und an der

Mauer einige sportliche Attraktionen. Das Ziel war ein über 100 Meter hoher Klettersteig. Roberto und Emma war das zu hoch, sie beschlossen einen Kinderklettersteig, der zum Üben vorgesehen war, auszuprobieren und nachdem sie diesen zweimal bestiegen hatten, warteten sie auf der Staumauer auf die Zwei. An diesem Tag waren sehr viele Touristen auf der Mauer unterwegs, und viele schauten zu, wie Robertos Frau und sein Sohn den Steig bewältigten. Er hatte zwar etwas Angst und hoffte, dass nichts passieren würde, doch war er auch unglaublich stolz auf die Beiden.

Als sie es geschafft hatten, halfen Emma Benjamin und Roberto seiner Frau von der Brüstung herunter. Beide waren noch voller Energie, lachten und erzählten, wie toll das war, sie waren in diesem Moment wie kleine Kinder, die sich freuten, etwas Neues gelernt zu haben.

Traditionell wurde der Urlaub mit Minigolf abgeschlossen. Es gab keinen Urlaub, in dem sie nicht gespielt haben. Emma fand in jedem Ort, und wenn sie noch so versteckt war, eine Minigolf-Anlage.

Es war ein schöner Urlaub gewesen, obwohl er heute ehrlich zugeben musste, dass sie bereits dort wenig mit ihm gesprochen hatte, wenn sie im Hotel waren, hatte sie fast ausschließlich ihr Handy in der Hand und chattete. Mit wem?

31. März 2019

Damals hatte er ihr vertraut, nicht geglaubt, dass sie ihn betrügt oder hintergeht. Heute sieht die Sache ganz anders aus, mittlerweile hat er viel an Information bekommen. Wie es aussah, wollte er es nicht sehen. Heute hat er kein Vertrauen mehr in sie, woher auch. Es fühlte sich an, als hätte sie ihm ein Messer in sein Herz gerammt, und bei jeder Erinnerung wurde diese Wunde wieder aufgerissen.

Tiefer und tiefer ging sein Fall. Irgendwann muss das doch aufhören?

1. April 2019

#esbringtallesnichts

Vielleicht ist das Ganze ein mieser Aprilscherz? Nein, mit Sicherheit nicht. Er ist sich jetzt ziemlich sicher, dass er schon seit einiger Zeit richtiggehend verarscht worden ist. Es wäre unmöglich gewesen, es Paulina irgendwann wieder recht zu machen. So viel hat er versucht, auf so viel hat er verzichtet und sich bemüht, ihren Wünschen gerecht zu werden. Gebracht hat alles nichts. Was ist nur aus ihr geworden?

November/Dezember 2018

Paulinas Chef will sich zur Ruhe setzen. Er hat zwar zwei Söhne, aber die wohnen in einer anderen Stadt und haben kein Interesse am Geschäft ihres Vaters. Da bot es sich an zu überlegen, den Laden selbst zu übernehmen, sich selbstständig zu machen, und das tat sie natürlich auch. Roberto wusste, dass das ein riesiger Schritt für sie war, schließlich kam dann auch eine große finanzielle Belastung auf sie zu.

Also setzte sich Roberto hin und rechnete einmal alles durch, die Mitarbeiter, die Miete für das Geschäft, und nicht zu vergessen, dass der jetzige Bestand auch abgelöst gehörte. Es würde einiges zusammenkommen, allerdings wusste er, dass sich seine Frau da wirklich reinhauen und nichts dem Zufall überlassen würde, er traute ihr in diesem Fall alles zu.

Obwohl einiges an Bedenken übrigblieb, entschloss er sich, sie so gut es geht zu unterstützen. Sie begannen damit, sich professionell beraten zu lassen, für Wirtschaftstreibende gibt es eigene Interessensvertretungen, und eine solche suchten sie einmal auf. Eine sympathische Dame in den Fünfzigern empfing sie, die

Beratung fanden sie sehr gut, sie erleichterte ihnen die Entscheidung wesentlich. Also war es eine beschlossene Sache, Paulina würde Unternehmerin werden, wenn sie sich mit ihrem Chef einigen konnte, und Roberto war stolz auf seine Frau.

Sie machte ihrem Boss ein Angebot, umgehend nahm er es an, er war sehr froh, dass es sein Lebenswerk weiter geben würde, und so ließen sie einen Vertrag aufsetzen, zwei Wochen später wurde dieser bereits von allen beteiligten Personen unterschrieben.

Eine weitere Woche später starteten sie mit kleineren Umbauarbeiten, Paulina hatte eigene Ideen, wie sie die Ware präsentieren wollte, die Wände sollten außerdem Farbe bekommen, und auch das Büro war schon in die Jahre bekommen und brauchte dringend ein Facelifting.

Alles Notwendige hatten sie in der vergangenen Woche bereits gekauft oder bestellt, und so waren alle bereit, die Arbeit aufzunehmen. Jürgen und Stefan halfen mit ihren Frauen tatkräftig mit, auch die Eltern von Paulina waren beim Umbau dabei, Robertos Eltern übernahmen die Versorgung des Umbautrupps. Eine richtig tolle Teamarbeit war das, und so ging die Arbeit schneller als gedacht voran, und schon nach vier Tagen hatten sie alles fertig, was geplant war. So wurde der 3. Dezember als Eröffnungstag festgesetzt.

Es hatte vorher neben Paulina noch eine weitere Angestellte gegeben, Elke, sie war schon mehr als 20 Jahren in der Firma, auch sie war beim Umbau tatkräftig dabei, und da sie sich nicht nur sehr gut in dieser Branche auskannte, sondern sich die beiden auch sehr gut verstanden, war sie für den Anfang die erste und einzige Angestellte.

Das Geschäft lief richtig gut an, und zu Weihnachten wurden alle Helfer, Freunde und wer sonst noch so bei der Übernahme beteiligt war, zu einer kleinen Einweihungsfeier eingeladen. Roberto hatte dafür einen riesigen Blumenstrauß bei einer Floristin in der Nähe bestellt, etwas Besonderes sollte dieser sein und seiner Frau nicht nur zeigen, wie sehr er sie liebte, sondern auch, dass er ihr immer zur Seite stehen würde, dass sie jede Unterstützung von ihm bekam, die sie benötigte.

Einige Male besuchten sie Großhändler und Lieferanten, um neue Waren auszusuchen, die sie ihren Kunden anbieten konnte. Immer kauften sie dabei eine ganze Wagenladung ein, der Kofferraum drohte jedes Mal aus allen Nähten zu platzen.

Er hätte sich nicht vorstellen können, einmal nicht mehr dazuzugehören!

1. April 2019

Das war jetzt Vergangenheit, er hat das Geschäft seitdem nicht mehr betreten, hatte es auch nicht vor, nicht einmal in die Nähe wollte er kommen. Zu groß war seine Angst, Paulina über den Weg zu laufen und dann?

Dann würde es ihm erneut nicht gut gehen, tagelang nicht. Wie konnte so etwas möglich sein, er fand einfach keinen Halt mehr.

Und er fiel weiter.

5. April 2019

#halbesLebenfürwertloserklärt

Der 5. April 2019 war ein Freitag. Die ganze Woche war bereits etwas eigenartig gewesen. Paulina kam zwar immer zur gleichen Zeit nach Hause, aß auch zu Abend mit ihrer Familie, danach aber flüchtete sie sich in ihre digitale Welt. Es gab kein richtiges Gespräch zwischen Roberto und ihr. Deshalb beschloss er, mit ihr am Freitag wieder einmal auszugehen und sie dann unter einem Vorwand in sein Büro zu locken und sie dort zu verführen, es war an der Zeit, sich dieser Seite ihrer Beziehung wieder mehr zu widmen, einen weiteren Schritt zu machen, wieder neue Sachen auszuprobieren, vielleicht konnte er sie ja zu einem Rollenspiel überreden.

Zuerst gingen sie gemeinsam zum Italiener und aßen in einer gemütlichen und ruhigen Atmosphäre zu Abend. Danach suchten sie noch eine Bar auf, sie waren schon öfter dort gewesen, kannten ein paar Gäste und unterhielten sich seiner Meinung nach sehr gut, obwohl nicht viele Leute im Lokal waren. Nach ein paar Drinks machten sie sich auf den Heimweg, und Roberto sagte zu ihr, dass er noch schnell ins Büro müsse, weil er etwas ganz Wichtiges vergessen habe. Er versuchte, sie zum Mitgehen zu bewegen, leider wollte sie nicht, sagte, dass es schon so spät sei und er sich beeilen solle, weil sie nach Hause möchte. „Schade", dachte er nur und nahm sich vor, es weiter zu versuchen, irgendwann würde er sie soweit haben.

Paulina lag sofort nachdem sie sich ausgezogen hatte im Bett, und Roberto legte sich auf seine Seite des Ehebettes, und da er noch immer Lust hatte, wanderte er mit der Hand auf ihre Seite und wollte noch einmal versuchen, sie zum Sex zu bewegen. „Heute nicht, ich bin schon so müde", sagte sie kühl und drehte sich weg von ihm. Enttäuscht schaltete er sein Nachtlicht aus und drehte sich ebenfalls zur Seite um zu schlafen.

Dann ging es Schlag auf Schlag, wenn er daran zurückdachte, spürte er wieder diesen stechenden Schmerz in seiner Brust, in seinem Leben war er noch nie so tief verletzt worden wie in diesem Moment.

Keine fünf Minuten nachdem sie das Licht ausgeschaltet hatte, drehte sie dieses wieder auf, nahm ihr Tablet zur Hand und surfte im Internet. Er fühlte sich vor den Kopf gestoßen und fragte sie, was das jetzt soll, ob sie ihn für blöd verkaufen will.

„Ich habe keine Gefühle mehr für dich", sagte sie monoton, sie konnte ihm nicht einmal in die Augen sehen. Wie aus dem Nichts kamen diese Worte und trafen ihn mit einer solchen Wucht, dass er, hätte er gestanden, mit Sicherheit in die Knie gegangen wäre.

„Was ist jetzt los, das ist doch nicht dein Ernst", waren seine Worte, als er endlich begriff, was sie soeben zu ihm gesagt hatte. „Ich kann doch auch nichts dafür, es ist so wie es ist, ich hab das nicht absichtlich getan, ich habe das nicht geplant." In diesem Moment verschwand der Boden unter seinen Füßen, in diesem Moment fing er an zu fallen.

Verzweifelt versuchte er, irgendeinen Gedanken zu fassen, es war unmöglich, alles drehte sich im Kreis. Erst begann er zu zittern, dann war er fast ohnmächtig vor Wut, und irgendwann war sein Kopf leer. Er weinte, er konnte nicht anders, er musste mal an die frische Luft, brauchte etwas Abstand.

Er irrte förmlich in den Straßen umher. Planlos war er und versuchte einen Grund zu finden, warum sie ihm das antat, was sie sich dabei dachte. War er wirklich nicht mehr liebenswert, hatte er sich verändert, war er unausstehlich geworden? Aber warum hatte sie dann nicht schon lange etwas gesagt, ihn darauf hingewiesen, dass er sich in die falsche Richtung entwickelte? Darauf fand er keine Antwort, gab es darauf überhaupt eine?

Nach über einer Stunde kehrte er in die gemeinsame Wohnung zurück. Sie lag genauso im Bett, wie er sie verlassen hat. „Ich verstehe dich nicht", versuchte er ein Gespräch mit ihr zu beginnen, „vor fast zwei Jahren hast du gesagt, dass du es mir sagst, wenn etwas nicht passt, und immer wenn ich dich darauf angesprochen habe, hast du auch gesagt, dass alles in Ordnung sei." Und wieder sagte sie, dass es keine Absicht war, dass sie einfach nichts mehr für ihn fühle. Er schlug erneut eine Paartherapie vor, dass sie sich helfen lassen könnten.

Paulina meinte, dass sie nicht wüsste, was das bringen solle, davon könnten keine Gefühle mehr zurückkommen. Dann kam ihm der Schrecklichste aller Gedanken, sie habe bereits eine Beziehung zu einem anderen Mann, damit konfrontiert stritt sie natürlich alles ab, sie habe keinen anderen. Was blieb ihm übrig, er musste ihr glauben, nichts hat auf etwas anderes hingedeutet.

Sein halbes Leben hat sie mit einem Satz für wertlos erklärt und das genau 15 Jahre, nachdem sie sich kennengelernt hatten, und das jetzt, da er gedacht hatte, dass sie auf dem richtigen Weg waren, da die Kinder größer und selbständiger wurden und er glaubte, mit seiner Frau in eine schöne Zukunft zu gehen, da sie sich Zeit für alles nehmen konnten, was sie wollten.

In dieser Nacht lag er das letzte Mal im Bett neben seiner Ehefrau, er weinte sich in einen kurzen und unruhigen Schlaf.

6. April 2019

#zerstörtesLeben

Irgendwie konnte er es nicht glauben. Er stand früh am Morgen auf, hatte einige Termine bei Kunden, die er nicht so kurzfristig absagen konnte. Es kostete ihn viel Mühe, sich auf seine Arbeit zu konzentrieren, und immer wenn er kurz Zeit hatte, suchte er im Netz nach Möglichkeiten, seine Ehe zu retten. Es gab viele verschiedene Therapieangebote in jeder Preiskategorie, die man sich vorstellen konnte. Er wollte noch nicht aufgeben, er fragte sich immer wieder, wie man sein halbes Leben miteinander verbringen und dann wie eine Dampflok über die Gefühle seines Partners fahren konnte? Eine so lange Zeit war auf einmal nichts mehr wert. Er verstand die Welt nicht mehr.

Mittags war er mit seinen Terminen fertig und machte sich auf den Weg nach Hause. Er versuchte, mit ihr zu reden, sie zu bitten, sich mit ihm gemeinsam auf eine Therapie einzulassen, es wäre einen Versuch wert. „Ich weiß nicht, was das für einen Sinn haben soll, ich habe einfach keine Gefühle mehr für dich", bekam er immer wieder zur Antwort. In diesem Moment wusste er, dass es keinen Sinn hatte, alles woran er geglaubt hatte, alles worauf er zählte, hatte sie zerstört, alles lag in Scherben. Er hätte es vorgezogen, schwer zu erkranken oder sonst was, da hätte er eine Chance gehabt, dass alles wieder gut werden würde. Paulina hat ihm keine mehr gegeben, und erneut fragte er sich, warum sie nicht früher etwas gesagt hatte, und so langsam wurde ihm bewusst, dass es nichts gebracht hätte, sie wollte die Ehe nicht retten, hatte schon längst damit abgeschlossen, ihre Entscheidung vor langer Zeit getroffen. Er war schon lange an ihrer Seite nur noch geduldet, erwünscht war er nicht mehr.

Er hätte nie geglaubt, dass die Schmerzen, die er fühlte, so heftig sein konnten. „Ich werde meine Kinder aber nicht hergeben, im Leben nicht, wenn ich was verspreche, halte ich das auch, wenn man mich lässt", sagte er zu Paulina. Er schlüpfte in seine Laufkleidung und verließ wortlos die Wohnung, froh darüber, dass die Kinder nicht zu Hause waren, sie waren bei Freunden zu Besuch. Paulina hatte schon seit einigen Tagen einen Kinoabend mit Freundinnen geplant, und erst als er sicher war, sie nicht mehr zu Hause anzutreffen, kehrte er wieder in die noch gemeinsame Wohnung zurück.

„So wird es in Zukunft öfter sein", ging ihm durch den Kopf, eine leere Wohnung würde auf ihn warten. Er fühlte sich richtig schlecht.

7. April 2019

#wiewirddaswerden#ohneStreit?

Noch bevor die Sonne aufging, war Roberto bereits unterwegs, sein Weg führte ihn auf den Pöstlingberg, dort wollte er eine Runde drehen. Er musste seinen Kopf auslüften. Viel ging ihm durch den Kopf: „Wie soll ich das schaffen, was wird aus mir werden?" So eine Situation wollte er eigentlich nicht erleben, und doch war er jetzt dazu gezwungen. „Die Kinder, wie reagieren die", er machte sich große Sorgen um die beiden, jetzt, da Benjamin in der Schule endlich gute Noten schrieb, und Emma, die so sehr an ihrer Mutter hing, mussten sie da durch.

Als er nach Hause zurückkam, lag Paulina im Ehebett, die Nacht hatte sie auf der Couch verbracht, und hatte wieder einmal ihr Telefon in der Hand und chattete. Ohne zu grüßen, sagte er ihr, dass sie es den Kindern sagen müsse, am Abend, wenn alle gemeinsam zu Hause sein würden. Ohne auf eine Antwort zu warten, verschwand er unter der Dusche, zog sich danach frische Klamotten an und überlegte, wie und wo er den Tag verbringen sollte, in ihrer Nähe wollte und konnte er nicht bleiben.

Er kam aus dem Badezimmer und hörte Paulina weinen, was ihm eigenartigerweise nicht egal war, nur wollte er jetzt nicht mehr mit ihr reden. „Ich bin so enttäuscht, so sauer auf dich, dass es dafür keine Worte gibt", sagte er knapp. Er hatte beschlossen, zu seinen Eltern zu gehen, dort würde er nicht nur willkommen sein, sondern auch Trost finden.

Er war um 17 Uhr zu Hause. Benjamin lag vorm Fernseher, und Emma bastelte in ihrem Zimmer. „Jetzt", sagte er zu Paulina und holte die Kinder in die Küche. Als sich alle an den Tisch gesetzt hatten, fragte Emma sofort und mit Angst in der Stimme, was los sei, sie spürte natürlich, dass etwas nicht stimmte.

„Wir müssen euch was sagen, wir werden uns trennen", begann Paulina das Gespräch mit erstickter Stimme. Gleichzeitig fingen beide Kinder an zu weinen, es war herzzerreißend für Roberto. Benjamin stand ihm am nächsten, und er zog ihn zu sich und umarmte ihn, und obwohl er bereits in einem Alter war, in dem er das nicht mehr wollte, ließ er es an jenem Tag zu. Roberto und seine Kinder weinten bitterlich, und immer wieder sagte er, wie leid es ihm tue und dass er das eigentlich auch nicht wolle, sie jetzt aber damit leben werden müssen. Nicht einmal hat er gesagt, dass Paulina die Schuld trage und das, obwohl sie diese Entscheidung getroffen hatte, keine Alternative zuließ, und sie, was für ihn das Schlimmste war, die Worte „wir werden uns trennen" benutzte. Das stimmte so ja gar nicht. „Sie trennt sich von mir", wäre richtig, und er war nicht mehr nur enttäuscht und gekränkt von ihr, sondern in diesem Augenblick hasste er sie, für das alles, was gerade geschah.

1000 Fragen prasselten auf sie ein. Warum und wieso, worauf Paulina zur Antwort gab, dass sie das ja auch nicht gern gemacht habe, aber dass sie Papa einfach nicht mehr lieb habe. Roberto war froh, dass die Kinder da waren, diese Aussagen gingen ihm richtig gegen den Strich. Wie konnte man etwas, das man selbst nicht wollte, zulassen? Darauf bekam er in diesem Leben mit Sicherheit keine Antwort mehr, und verstehen würde er es auch nie, in seinem Leben zählte es viel, wenn man etwas versprach, in seinem Leben war es unvorstellbar, nicht zu einem Menschen zu halten, dem man einmal sein Wort gegeben hatte. Jetzt war er zu etwas gezwungen, was es in seinem Naturell eigentlich nicht geben sollte. Er kannte einige Paare, die sich im Lauf der Zeit trennten, es schmerzte ihn immer, wenn er da zusehen musste, aber meistens machte dabei einer einen Fehler, den ihm der andere nicht verzeihen wollte oder konnte. Seiner Meinung nach war das bei ihnen nicht der Fall, zumindest hat ihm Paulina das damals versichert, und doch traf sie eine Entscheidung, die sein Leben verändern sollte.

Emma wollte diese Nacht bei ihnen schlafen, Paulina fragte Roberto ob das o.k. sei, sie wusste, dass er nicht nein sagen würde, nicht zu seinen Kindern. Es war das wirklich allerletzte Mal, dass sie die Nacht gemeinsam in ihrem Ehebett verbrachten, körperlich getrennt durch ihre Tochter und jetzt auch gefühlsmäßig getrennt. Roberto fiel unaufhaltsam tiefer, tiefer und noch tiefer.

7. Mai 2019

#Statussymbol#derStachelsitzttief

Paulina schlief in diesen Tagen im Schlafzimmer und Roberto im Wohnzimmer auf der Couch, die sie erst vor Kurzem neu gekauft hatten. Er wechselte in dieser Zeit kein einziges Wort mit ihr, wünschte weder einen guten Morgen noch eine gute Nacht. Schneller als er erwartet hatte, hatte sie in der Nähe eine Wohnung gefunden, sie wollte wegen der Kinder nicht weit wegziehen. Mittlerweile hatte sie auch ein eigenes Konto eröffnet und fragte Roberto, ob er ihr etwas vom ersparten Geld überweisen könne. Das gesparte Geld wollte er eigentlich in einen Urlaub investieren, auf eine Insel im Mittelmeer fliegen, das hatte er den Kindern einmal versprochen und bis heute ist noch nichts daraus geworden, das will er aber auf alle Fälle noch nachholen. Da sich dieses Sparziel geändert hatte, war es ihm egal, und es war ja ihr gemeinsames Geld gewesen. Mit dem Geld richtete sie ihre Wohnung neu ein, mit einer Couch mit Bettfunktion, damit die Kinder ab und zu bei ihr schlafen konnten, wenn sie das denn dann auch wollten.

Bereits zwei Wochen später zog sie aus. Roberto vermied es, an diesen Tagen zu Hause zu sein, er war eigentlich nur zum Schlafen da. Er hielt das einfach nicht aus. An dem Tag, an dem sie endgültig auszog, kam er dann nach Hause, bevor sie weg war. Oder sie wartete auf ihn, das wusste er nicht, irgendwie hatte er gehofft, diesem Zeitpunkt aus dem Weg gehen zu können.

Sie betonte immer wieder, dass sie hoffe, dass sie sich im Guten trennen können und nicht streiten würden, er hatte aber nie etwas darauf gesagt, dieses Versprechen konnte er ihr einfach nicht geben, unmöglich. Denn wenn er was versprach, versuchte er das auch zu halten, so wurde er erzogen und das zog er auch durch, das unterschied ihn von vielen anderen, so dachte er zumindest zu dieser Zeit.

Ob sie ihn damals umarmen oder ihm nur die Hand geben wollte, als sie ging, weiß er nicht, ist ihm auch egal, da er es nicht ertragen hätte, zischte er sie zornig an, dass sie ihn nicht angreifen soll. Seine Enttäuschung, sein gebrochenes Herz, all das ließ nichts anderes zu, wahrscheinlich würde es das heute auch noch nicht tun.

Seit diesem Abend verbrachte er viele schlaflose Nächte, oft wachte er schweißgebadet und zitternd auf, dann war ebenfalls nicht mehr an Schlaf zu denken. Ganz schlimm war es, wenn er sie irgendwo sah, auf der Straße, bei einer Feier, wo auch immer. Auf Wunsch der Kinder versuchten sie, Weihnachten miteinander zu feiern. Komisch war die Situation gewesen, und er ging davon aus, dass sie das nicht noch einmal machen werden. Zur Krönung der schrägen Situation gab sie ihm die Hand, als sie sich für das Essen bedankte und gleichzeitig verabschiedete, er war so perplex, dass er ihr natürlich auch die Hand gab, obwohl er das eigentlich gar nicht wollte. Der Stachel saß nach wie vor so verdammt tief.

Er stellte sich vor, was sie so in ihrer Freizeit tat, er hatte mitbekommen, dass sie sich weiter verändert hatte, ihr waren jetzt Statussymbole wichtig, was andere über sie denken auch. Wahrscheinlich gab sie sich mit irgendeinem Schönling, der die Figur eines Models hat und der ein teures Auto fährt, ab.

Die Tugenden, für die sie einmal gemeinsam standen, für den anderen da zu sein, koste es was es wolle, hat sie über Bord geworfen, sie waren ihr nun nicht mehr wichtig.

15. Jänner 2020

#Statussymbol#derStachelsitzttief

Sie hatte sich verändert, das wusste er, und je mehr er darüber nachdachte, fielen ihm viele Dinge ein, die sie immer angedeutet hatte, ab und zu hatte er nicht darüber nachgedacht. Ab und zu hatte es ihn dann doch gestört, zum Beispiel, als sie einmal mit den Kindern zum Baden gefahren waren, damals hatten sie auf einem österreichischem Radiosender das Wetter gehört, der Meteorologe des Senders war nicht unbekannt, und sie konnte es sich nicht verkneifen zu sagen, dass dieser ein richtig fescher Kerl sei. Welchen Mann stören solche Aussagen denn nicht, das ist eine Aussage für ihre Mädchenrunde aber keine wenn der Partner dabei war. Wenn er so etwas in dieser Art gesagt hätte, wäre sie fuchsteufelswild gewesen und hätte wahrscheinlich den ganzen Tag nicht mit ihm geredet.

Ja, er fand tatsächlich, dass sie ihre Prinzipien verraten hatte, es gab eine Zeit, da war sie für andere da, wenn die Probleme hatten, jetzt unterschied sie, wem sie helfen würde und wem nicht. Ihr war jetzt wichtig, mit wem sie gesehen wurden, welche Kleidung getragen wird, und wahrscheinlich war ihr mittlerweile wichtig, in welchem Auto sie fuhr, keine Familienkutsche die leistbar war, da musste es schon ein Sportwagen sein.

Er nannte es immer Statussymbole, und wenn man so mit offenen Augen durch die Straßen ging, sah man fast nur noch nagelneue SUV's von namhaften Autoherstellern oder Sportwagen, die gehörten für ihn oft in die Kategorie Midlifecrisis.

Sie hat sich verändert, nicht unbedingt zu ihrem Vorteil fand er, und er fand das unsagbar schade, schließlich weiß er nur zu gut, dass sie einmal ein anderer Mensch war, einer, der andere nie im Leben hätte hängen lassen.

Und er hatte das erste Mal das Gefühl, dass er langsamer fiel, dass er es irgendwie schaffen wird.

21. Jänner 2020

#WaszurHöllesolldasjetzt

Das Gefühl hatte er leider nicht sehr lange.
    Roberto ging jetzt regelmäßig laufen, wenn seine Kinder bei Paulina waren, was in der Nacht auf heute der Fall war, nicht nur damit er sein Gewicht hält, sondern auch um den Kopf ein paar Minuten frei zu bekommen. Wenn er an seine Grenzen ging, konnte er zumindest ein paar Minuten an etwas anderes als an seine Einsamkeit und seinen Schmerz denken.
    Er hat sich dazu eine Playlist mit seinen Lieblingsliedern auf sein I-Phone geladen. Nachdem er schon eine halbe Stunde unterwegs war, meldete sich eine Stimme im Kopfhörer. „Incoming Call", hörte er und stoppte seinen Lauf, sah auf dem Display, dass sie am Apparat war und überlegte kurz, ob er überhaupt abheben soll.
    Da sie sich bis jetzt nur gemeldet hatte, wenn es wichtig war, rechnete er auch jetzt damit und nahm das Gespräch widerwillig entgegen.
    „Hallo", begrüßte sie ihn, „ich muss dir etwas sagen, und das will ich dir nicht schreiben sondern muss ich persönlich machen, ich denke, dass das fair dir gegenüber ist", hörte er sie sagen. „Es gibt eine neue Person in meinem Leben, schon ein paar Tage, den Kindern habe ich es gestern gesagt, sie haben kein Problem damit, und du wirst auch immer ihr Vater sein, da gibt es auch nichts daran zu rütteln."
    In diesem Moment hörte tatsächlich sein Herz für eine gefühlte Minute auf zu schlagen, sowas hätte er nicht für möglich gehalten, und doch war es so. „Bist du noch da?", fragte sie, da es ihm unmöglich war, irgendetwas zu sagen.
    „Was bitte ist jetzt los?", war das Einzige, was er denken konnte. Nicht nur dass er das Gefühl hatte, dass sein Leben jetzt vorbei war, eine eisige Hand legte sich um sein Herz und drückte es zusammen, als quetsche sie eine Zitrone aus. „Natürlich würde ich immer ihr Vater sein, zumindest das kann sie mir nie im Leben nehmen",

dachte er und außerdem lebten die Kinder bei ihm, er war jetzt ja ein alleinerziehender Vater. Ihre Worte verstörten ihn komplett. Wieder hörte er Paulina fragen, ob er noch am Apparat sei, mehr als ein heiseres Krächzen brachte er aber nicht hervor. Sie versuchte mit ruhiger Stimme, ihm zu erklären, dass sie ja nie wollte, dass es so weit kommt. „Und warum machst du das dann?", musste er sie fragen, „warum hast du mein ganzes Leben zerstört?" Sie konnte nicht wirklich darauf antworten, sie antwortete daher mit einer Gegenfrage: „Was soll ich denn jetzt tun? Soll ich aus Mitleid wieder zu dir zurückkehren?" Dass das mit Sicherheit nicht ging, war ihm sofort klar und auch dass er nicht mit ihr darüber diskutieren wollte, daher beendete er das Gespräch, indem er sagte, dass er nicht darüber diskutieren wolle und auflegte.

Den Lauf fortzusetzen, daran war jetzt nicht mehr zu denken. Mit Tränen in den Augen kehrte er in seine Wohnung zurück. Die Kinder waren zum Glück in der Schule. Er legte sich in sein Bett und ließ seinen Tränen freien Lauf, er wusste bald nicht mehr, wie lange er da lag, irgendwann hatte er keine Tränen und keine Kraft mehr. So leer wie an diesem Tag hatte er sich in seinem ganzen Leben noch nicht fühlen müssen. Ja, jetzt hasste er sie tatsächlich für alles, er war sich auch ziemlich sicher, dass sie nicht erst seit ein paar Tagen jemanden hatte, sondern dass er der eigentliche Grund war, dass sie ihn verlassen hatte, aber das würde sie natürlich nie zugeben.

„Fair" hatte sie gesagt, dieses Wort musste sie sofort aus ihrem Wortschatz streichen, die Bedeutung dieses Wortes verstand sie ja gar nicht, so viel ist sicher, dachte er. Er schickte ihr eine Nachricht, in der er auch schrieb, dass es fair gewesen wäre, wenn sie bereit gewesen wäre, zumindest zu versuchen sich helfen zu lassen, aber das hatte sie ja rigoros abgelehnt. In jeder Beziehung gibt es immer wieder Zweifel, und es gibt auch nicht nur schöne Tage, aber machte das nicht am Ende die Stärke und das Band zwischen zwei Menschen aus? Themaverfehlung, dieses Wort fiel ihm dabei komischerweise ein. In seiner Schulzeit hatte er einmal für so etwas eine negative Note bekommen. Aber irgendwie kam ihm der Vergleich nicht einmal so weit hergeholt vor.

29. Februar 2020

#waszurHöllesolldasjetzt

Ausgetauscht. Ersetzt. Erneuert. Das waren Worte, die ihm einfielen, wenn er daran dachte. Ausgetauscht wie ein paar alte und abgetragene Schuhe. Mal schauen, mit wie vielen Menschen sie das noch machen wird. Sie war schon immer der Mensch, der schnell für etwas zu begeistern war, aber dann auch schnell das Interesse daran verlor. Einmal war sie so begeistert vom Bogenschießen gewesen, dass sie sich sofort eine eigene Ausrüstung kaufen musste, allerdings hat sie diese nur einmal benutzt und dann wieder verkauft, so war es bei vielen Dingen gewesen, aber dass sie das auch auf Menschen ausweitete, hatte Roberto nie im Leben von ihr erwartet.

Den persönlichen Kontakt mit ihr hat er mittlerweile komplett abgebrochen. Sie telefonierte ab und zu mit den Kindern, und sie schliefen im Durchschnitt auch einmal in der Woche bei ihr, allerdings wollten sie das weniger, seitdem sie einen neuen Partner hatte. Jetzt waren ja auch sie das fünfte Rad am Wagen. Das Gefühl, dass sie ihr bisheriges Leben bereute, wurde immer stärker. Er versuchte jetzt ständig für seine Kinder da zu sein, vor allem für die Kleine, die litt am meisten unter der Trennung. Jetzt durfte und musste er alles sein, Vater, Freund, Erzieher und Lehrer, es gab ja sonst niemanden mehr für sie, an den sie sich wenden konnten.

Es war nicht leicht für Roberto, er versuchte, das Beste zu geben, was er geben konnte, aber er hatte niemanden, der ihm sagte, ob es auch das Richtige war oder ob er was falsch machte. Alle Entscheidungen, die er nun traf, musste er alleine treffen.

Und er fiel und fiel, jetzt wieder schneller in dieses verdammt dunkle Loch.

10. April 2020

#jetztreicht's

Seit Tagen hatte es keinen Regen mehr gegeben, und für die Jahreszeit war es viel zu warm. Es war ein schöner Tag und Robert spielte mit den Kindern in einem Park in der Nähe der Wohnung. Wie es natürlich der Zufall wollte, ging Paulina mit ihrem neuen Freund, der übrigens Paul heißt, zur gleichen Zeit dort spazieren, und natürlich entdeckten sie sich gegenseitig. Roberto kehrte ihr augenblicklich den Rücken zu, er konnte sie nicht anschauen, nach wie vor nicht, und er wusste auch sofort, dass er in dieser Nacht wieder einmal kaum Schlaf finden würde.

Es war nicht das Schlimmste, dass er sie mit ihm gesehen hatte, er war ihm am meisten egal, ihn traf ja keine Schuld. Viel mehr störte es ihn, das sie jetzt einer jener Menschen geworden war, die sie selbst immer etwas belächelt hatte. Bei Frauen, die als Partner jüngere Männer hatten, sagte sie immer, dass die sich einen Toyboy halten würden, jetzt war sie selbst eine von diesen Frauen. Und doch war es noch immer nicht das Schlimmste an diesem Tag, das Schlimmste war, dass er das Gefühl hatte, dass Paulina sie auslachte, ihn und seine Kinder, die ja eigentlich auch ihre Kinder waren, und das ging gar nicht. Ein Elefant im Porzellanladen konnte nicht mehr Schaden anrichten als sie das in diesem Moment, ob bewusst oder unbewusst, getan hat. Die Kinder hatten sie natürlich auch entdeckt und sahen ihr lange nach, Roberto brach wieder einmal sein Herz, als er den Schmerz und die Sehnsucht in den Augen der Kinder sah.

Es war eine Sache, was man ihm antat, und das war für ihn schon unverzeihlich, aber eine andere, wenn seine Familie betroffen war. In diesem Moment wusste er, dass sich in seinem Leben noch viel ändern würde und dass er ihr wahrscheinlich nie verzeihen wird. Das konnte man von ihm nicht verlangen, keiner, nicht einmal die Kinder. Angst hatte er, richtig große

Angst vor der Zukunft, was ihm die noch bringen würde. Wird er je wieder von einer Frau geliebt werden, war er in der Lage, wieder eine Frau zu lieben, oder ist da zu viel zerbrochen? Wer wusste schon, was die Zukunft bringen wird, man muss sie nehmen, wie sie kommt, das hat er auf eine harte Weise erlebt und erlebt es immer noch, oft jeden Tag. Er wird auch noch lange und tief fallen, aber er weiß auch: Um eine neue Tür zu öffnen, muss er diese Tür erst schließen, für immer.

EPILOG

Liebe Leserinnen und Leser, es ist tatsächlich eine Trennung, für mich eine sehr schmerzhafte, der diese Zeilen zugrunde liegen, die mich diese Zeilen schreiben ließ. Ich konnte und kann mit der neuen Situation einfach nicht richtig umgehen. Tatsächlich bin ich ein religiöser und auch bodenständiger Mensch, der viel von Versprechen hält und dem sie wichtig sind, dem auch seine Familie über alles geht und dem es nie in den Sinn gekommen wäre, diese im Stich zu lassen. Ganz im Gegenteil, ich habe mir dieses Leben damals ja so ausgesucht. Ich habe lange darüber nachgedacht, ob ich heiraten soll und mir ein Leben mit ihr vorstellen könnte, und es war mir auch klar, dass es ein Auf und Ab geben wird. In der Nacht bevor ich dann den sogenannten „Bund fürs Leben" (naja …) eingegangen bin, hatte ich einen, für mich, sehr schlimmen Traum, ich habe damals schon geträumt, dass sie mich verlassen und mit meinem zu dieser Zeit besten Freund etwas anfangen wird. Mir war klar, dass ich mich immer um sie kümmern muss, damit das nicht passiert. Wie es aussieht, ist mir das nicht gelungen, oder es war zu wenig und das Versprechen, das ich ihrer Mutter am Tag der Hochzeit gegeben habe, dass ich sie glücklich machen werde, konnte ich auch nicht erfüllen.

Jedem der Kapitel in diesem Buch liegt eine wahre Geschichte zugrunde, aber es sind nicht alle so passiert wie beschrieben, manche allerdings schon. Ich habe die Namen und Originalschauplätze getauscht, ich überlasse es dem Leser, sich vorzustellen, was wirklich so passiert ist und was nicht.

Sollte es Leser geben, die sich selbst in diesem Buch entdecken, so hoffe ich, dass mir keiner böse ist, im Gegenteil, dann seid Ihr zumindest bis heute ein Teil meines Lebens gewesen und habt eine wesentliche Rolle eingenommen.

Ich weiß auch nicht, ob es mir lange helfen wird, das Buch geschrieben zu haben, zumindest hat es mir das Leben während des Schreibens um einiges erleichtert. Ich möchte auch nicht, dass das Buch als Abrechnung oder Rache verstanden wird, dafür hab ich das nicht gemacht, obwohl ich zugeben muss, dass ich viele solcher Gedanken gehabt habe und auch noch habe. Ich weiß auch nicht, wie ich das erklären kann, es geht mir darum, etwas zu erzählen und meine Vergangenheit aufzuarbeiten. Derzeit geht es mir nicht gut, ich bin wütend auf sie, weil sie mir das angetan hat, das ist ja klar. Ich bin wütend, dass sie mich so weit brachte, dass ich mir sogar wirklich Gedanken über Suizid gemacht habe. Ich bin wütend auf sie, weil sie meine Familie ausgelacht hat, ich bin wütend, weil sie Hausaufgaben mit anderen Kindern macht und als Hilfe meine anruft, als sie das gemacht hat, sind ihnen Tränen in den Augen gestanden, ihr ganzes Leben hätten sie dafür ihre Mutter gebraucht aber die war eigentlich nie dafür da, jetzt ist sie für andere Kinder da, es sieht tatsächlich so aus, als ob sie ihre ganze Familie ausgetauscht hat.

Und enttäuscht, ich bin so tief enttäuscht von ihr, dass mir keine einzige Person auf der ganzen Welt einfällt, von der ich so enttäuscht sein könnte. Wirklich keine einzige. Es stimmt, dass wir bereits vor längerer Zeit einmal Probleme hatten, zumindest sie, da ich sie damals auch nicht kommen habe sehen. Damals habe ich ihr versprochen, mich zu ändern, hab sofort mit dem Rauchen aufgehört und mit Sport begonnen, um mehr Zeit mit ihr zu verbringen. Ich hab sie auch gebeten, mir zu sagen, ob ich auf dem richtigen Weg bin, ob wir das wieder hinbekommen, ich bin enttäuscht, dass sie mich in diesem Punkt fast zwei Jahre lang angelogen hat. Auch mit anderen Familien haben wir wirklich viel unternommen, daran ist bei mir sogar eine sehr gute Freundschaft zerbrochen, deshalb bin ich so unglaublich enttäuscht von ihr. Ich habe nicht wirklich viele gute Freunde, und sie hat es zugelassen, dass sie wegen ihr zerbricht, obwohl sie meiner Meinung nach mit Sicherheit wusste, dass sie gehen wird, welcher Mensch macht so etwas?

Ich habe einige Zeit gehofft und vielleicht sogar geglaubt, dass sie eine Midlifecrisis oder einfach Panik vor dem Älterwerden hat. Eigentlich habe ich mich schon richtig darauf gefreut, viel Zeit mit ihr zu verbringen, zu zweit oder auch mit befreundeten Pärchen zum Beispiel in eine Therme zu fahren und die Zeit dort zu genießen, wenn die Kinder uns einmal nicht mehr brauchen.

Im Moment sieht es so aus, als ob ich diese Zeit, die mir dann bleibt, alleine verbringen darf, es schmerzt mich zutiefst, und ich kann nur hoffen, dass mich die Kids regelmäßig besuchen und nicht vergessen. Aber mir ist auch klar, dass sie irgendwann ihr eigenes Leben führen werden und auch müssen.

Ich habe derzeit Angst, nicht nur Angst vor dem Alleinsein oder sogar alleine bleiben zu müssen, ich habe richtig Angst, ihr zu begegnen. Ich will sie im Moment gar nicht sehen, geschweige denn ein Wort mit ihr wechseln, ich weiß, dass das nicht für immer sein kann, aber es kann niemand von mir verlangen, noch nicht einmal meine Tochter, die es immer sofort merkt, wenn es mir nicht gut geht, die mit all den ihr zur Verfügung stehenden Mitteln versucht, mir zu helfen, die mich in den Arm nimmt. Dafür, dass sie noch so jung ist, tut es mir leid, dass sie das erleben muss.

Leid tut es mir natürlich auch für meinen Sohn. Er war in der Schule immer schon ein Mitläufer, und das obwohl er, wenn er nur ein wenig etwas machen würde, ein guter Schuler wäre. Diese Zeilen schreibe ich mitten in der Corona-Krise, und da ich derzeit auch vermehrt zu Hause bin, versuche ich ihm zu helfen, den Lehrer zu ersetzen, weil er ansonsten nicht einmal das tun würde, was er muss. Er hat schon immer jemanden gebraucht, er ist genauso wenig wie ich für das Alleinsein gemacht. In Momenten, in denen es sonst keiner sieht, darf ich ihn auch in den Arm nehmen, was, so denke ich, ihn und mich tröstet.

Und es tut mir leid, dass ich nicht mehr tun kann, dass auch ich gezwungen bin zu schauen, was der nächste Tag bringt. Ob es uns dann gut geht, oder ob es wieder einer der Tage zum Vergessen ist.

Ich persönlich wünsche mir für mich, dass ich irgendwann wieder einmal lächeln kann, das hat sich meine Tochter auch für mich gewünscht, es war wahrscheinlich das Schönste, was mir in meinem Leben bisher jemand gesagt hat: „Papa, ich wünsche mir, dass du wieder lachst", waren ihre Worte, und ich konnte die Tränen nicht zurückhalten, ich konnte nur sagen, dass es sicher irgendwann wieder einmal soweit sein wird, aber ich habe es ihr zum Glück nicht versprochen.

Für meine Kinder wünsche ich mir, dass sie ein schönes und tolles Leben haben werden, das sie NIE in diese Situation kommen, ich wünsche mir auch, dass sie niemand anderen in eine solche bringen. Ich versuche ihnen zu vermitteln, dass ein Mensch, egal welcher Hautfarbe, welcher Herkunft, welchen Beruf er hat und ob er reich ist oder nicht, immer Respekt verdient. Jeder Mensch hat seine eigene Geschichte und viel zu erzählen.

Der Autor

J. J. Wilhelmson wurde 1981 in Bad Leonfelden in Österreich geboren. Dort besuchte er die Volksschule, ging zur Hauptschule und begann anschließend ein Studium an der Höheren Lehranstalt für Tourismus. Später absolvierte er eine Lehre zum Einzelhandelskaufmann, inzwischen hat er seine berufliche Bestimmung gefunden und arbeitet als Berater für Baustoffe. Thomas Schwarz lebt von seiner Ehefrau getrennt, er hat zwei Kinder, um die er sich liebevoll kümmert und engagiert sich außerdem in der Freiwilligen Feuerwehr. In seiner knappen Freizeit ist der Familienvater häufig in der Natur unterwegs, am liebsten zu Fuß oder auf dem Rad. Sein ehrenamtliches Engagement begründet er mit seinem Lebensmotto: immer für Menschen in Not da zu sein.

Der Verlag

„*Wer aufhört besser zu werden, hat aufgehört gut zu sein!*

Basierend auf diesem Motto ist es dem novum Verlag ein Anliegen neue Manuskripte aufzuspüren, zu veröffentlichen und deren Autoren langfristig zu fördern. Mittlerweile gilt der 1997 gegründete und mehrfach prämierte Verlag als Spezialist für Neuautoren in Deutschland, Österreich und der Schweiz.

Für jedes neue Manuskript wird innerhalb weniger Wochen eine kostenfreie, unverbindliche Lektorats-Prüfung erstellt.

Weitere Informationen zum Verlag und seinen Büchern finden Sie im Internet unter:

www.novumverlag.com